ベリーズ文庫

冷厳な不動産王の契約激愛婚
【極上四天王シリーズ】

佐倉伊織

JN019366

STARTS
スターツ出版株式会社

目次

冷厳な不動産王の契約激愛婚【極上四天王シリーズ】

プロローグ……6
結婚の契約は淡々と……10
完璧な夫の裏の顔……69
噛み合わない夫婦　Ｓｉｄｅ総司……127
期待と現実のはざまで……145
結婚式は盛大に　Ｓｉｄｅ総司……162
思いがけないプロポーズ……206
熱い想いが止まらない　Ｓｉｄｅ総司……230
運命の決戦日……267
エピローグ……328
あとがき……336

冷厳な不動産王の契約激愛婚
【極上四天王シリーズ】

プロローグ

ドアが閉まる音と同時に、唇が重なる。強引に唇をこじ開けた舌が、私の口内を激しく犯し始めた。

「ん……」

壁に押しつけられての激しいキスは、私の体をたちまち火照《ほて》らせる。舌が絡まり合う劣情《れつじょう》をそそる音が響き、鼓動が高鳴っていく。

太ももを這《は》う指は長く、手の甲にはうっすらと血管が浮き出ている。骨ばった厚みのある手は、ときに優しく肌を撫《な》で、そしてときに強くつかんだ。

「里沙《りさ》、好きだ」

まさか彼からこんな言葉を聞ける日が来るなんて。

視界がじわじわにじんでくるのは、彼の愛がうれしいからだ。

「好きです」

ずっと隠していた想いを口にした途端、彼は頬《ほお》に優しく触れながら切れ長の目で私を見つめた。

その視線が熱くて焦《こ》げてしまいそうだ。いや、焦げて燃え落ちてしまえばいい。彼と一緒ならそうなっても構わない。

自分にこんなに激しい感情があるとは驚きだったが、もう彼を求める気持ちは止められない。

彼は私をベッドに運んだあと、すぐさま覆《おお》いかぶさってくる。私をまっすぐに見下ろす双眸《そうぼう》はそこはかとない色気を放っており、しかし瞳の奥には強い意志を秘めていた。

「はぁ……っ」

次第に深くなるキスに夢中になり必死になって舌を絡めていると、彼は下唇を甘噛《あまか》みして離れていく。そして、焦るように私のシャツのボタンを外し始めた。

「お前は俺のものだ。誰にも渡さない」

首筋に舌を這わせたあと耳元で甘くささやく声には張りがあり、とんでもなく艶《つや》やかだ。

こんなに淫《みだ》らで情熱的な彼を知らない。

けれど、強く求められるのがうれしくて、彼の首に手を回してキスをねだる。

何度も何度も角度を変えて唇がつながる間に、ブラの肩ひもをあっさり払われてしまった。一気にそれをずらされ、膨らみを大きな手でまさぐられると、体の奥がカーッと熱くなる。

「あっ……ん……」

ツンと主張する先端に舌を巻きつけられた瞬間、体がビクッと震え、甘いため息が漏れてしまった。

それが恥ずかしくて慌てて口を手でふさぐ。すると少し不機嫌な顔をする彼は、その手を外してシーツに縫《ぬ》いとめ、指を絡めて握った。

「ダメだ。甘い声、聞かせて」

「イヤ……」

「イヤじゃないだろ？　ほら、こうしてちょっと触れるだけで体が震えてる」

膨らみの先端に触れられると、途端に体が言うことを聞かなくなる。

「言わないで」

顔から火を噴きそうなほど恥ずかしいのに、もっと触れてほしいというはしたない愛欲がせり上がってくる。

こんな……情火に身を焦がす日が来るなんて、信じられない。

「どうして？　俺もお前に触れるだけでイキそうなくらい、欲情してる」

ほんと、に？

涙目で彼を見つめると、ゾクッとするような色香漂う視線につかまりそらせなくなった。

「里沙」

私の額に額を合わせる彼は、優しい声色で私の名を呼ぶ。

「きれいだよ。里沙の甘い声も、乱れる姿も全部俺のものだ」

強い独占欲をぶつけてくる彼は、私の顎《あご》をすくい、もう一度熱いキスを落とした。


――彼と私が特別な関係になったのには、とある深い理由《わけ》がある。

結婚の契約は淡々と

「藤原《ふじわら》、例の書類どこやった？」

「デスクに置いておきましたよ」

「どこだ」

ここ、『秋月《あきづき》アーキテクト』の不動産投資企画部は、一日中殺伐《さつばつ》とした雰囲気が漂っている。

七月最後の金曜日。猛暑となった今日はクーラー全開でオフィスの中は寒いくらいなのに、癖《くせ》のある前髪から覗《のぞ》く額に汗を浮かべて焦っているのは、三十七歳の課長、浜野《はまの》さん。私が作成して置いておいた書類が見つからないらしい。

浜野さんは優秀な人だけど、片づけが苦手でいつもデスクが散らかっているのだ。

私、藤原里沙は席を立ち、浜野さんのデスクまで行って一緒に書類を探し始めた。

中途採用で入社して二年。二十四歳の私はまだまだ下っ端で、事務処理を担当することがほとんどだ。雑用ももちろん引き受けている。

「部長、会議でよかった」

彼が少し離れた部長の席を見て安堵《あんど》の声を漏らすのは、いつもデスクを片づけろと叱られているからだろう。

といっても、我が部の部長、秋月総司《そうじ》さんは三十二歳。浜野さんより年下なのだ。秋月さんは現社長の次男で、いわゆる御曹司。しかし、親の七光りで若くして部長を務めているわけでは決してない。この部は特に完全実力主義で、秋月さんの能力は誰もが認めている。

彼は大学在学中に不動産投資を始め、あっという間に三億円ほど稼いだ凄腕《すごうで》投資家でもあるのだ。

学生でありながら金融機関にプレゼンをして融資をもぎ取り、南青山《みなみあおやま》にある賃貸用中古マンションを購入。綿密な下調べと緻密《ちみつ》な計算のおかげですぐに黒字を叩《たた》き出して高値で売却したそうだ。その資金をもとに、また別のマンションを買って……あっという間に三億の純利益を上げたという。すごすぎて伝説のように取り上げられるけれど、現実なのだとか。

こつこつ定年まで働いたとしても、生涯年収にして三億も稼げない人もたくさんいる。それを学生の身分で、しかも数年でさらっと稼ぎ出した彼は、ただ者ではない。

そんな彼の父がけん引する秋月アーキテクトは、マンションや商業ビル、ときには街全体をプロデュースする大手不動産デベロッパー。同じく大手の『大東不動産《だいとう》』としのぎを削り、数々の土地開発をしてきた。近年顕著《けんちょ》な伸びを示して注目されている。

マンション、商業ビル、リゾート、ホテル開発などたくさんの部署を持っている秋月アーキテクトだけれど、それらすべての開発の最後の関門がここ、不動産投資企画部だと言っても過言ではない。

それぞれの部署から上がってくる企画書や計画書を精査して、利益がどれくらい見込めるか、はたまた赤字を出さないかを判断している。

我が社が手掛ける案件は大きなものが多く、万が一失敗すればそれを挽回するのに何年もかかる。それだけで済めばいいのだが、損害の規模によっては会社が傾く事態も想定される。

不動産投資企画部はそのリスクを避けるための最後の砦《とりで》なのだ。

けれども、各部署からしてみたら、目の上のたんこぶ扱い。時間をかけて練った企画も、ひとたび不動産投資企画部がＮＧと判断を下せば、納得いく説明ができない限り白紙撤回となるのだから。

「浜野さん、ありましたよ」

まったく関係ないファイルに挟まっていた書類を発見して、彼に渡した。

「あーそうだ。電話がかかってきて、ここに挟んだんだ」

「適当に挟むのはやめてください」

「すまん、すま……」

浜野さんが言葉を途中で止めて、黒縁眼鏡の奥の目をキョロッと動かしたので、不思議に思う。

「どうかされ――」

「デスクの片づけはいつやるんでしょう？」

不機嫌な声が背後から聞こえてきて振り向いた。するとそこには声の主、秋月さんがあきれ顔で立っている。

百六十二センチの私より頭ひとつ分背が高い彼は、細身ではあるが胸板は厚く、ダークネイビーのスーツがよく似合っている。

アーモンド形の二重の目に、通った鼻筋。甘いマスクを持つけれど、長めの前髪から覗く意志のある目ににらまれると誰もが震え上がる。

彼の兄で、都市開発事業部の部長である文則《ふみのり》さんと、女子社員の人気を二分するほどの存在だ。

兄の文則さんは秋月さんとは違うタイプで、凛々《りり》しい眉が印象的。髪が短めなのもあってか、スポーツができそうに見える。ただ、本当のところは知らない。

文則さんは目元が社長にそっくりだが、秋月さんは母親似なのか兄弟であまり顔が似ていない。とはいえ、ふたりとも整っているのがうらやましい。

「今すぐ」

いたずらが見つかった子供のように、悲壮感いっぱいの表情で返事をする浜野さんは頭を抱えている。片づけが苦手なうえ、秋月さんに指示された仕事が進んでいないからだ。

「片づけは私がやりますから。とりあえず、このファイルの山をなんとかしますね」

真っ青な顔をしている浜野さんが気の毒で、そう言いながら肩下十五センチほどの緩くパーマのかかった髪をひとつに束ねた。

「藤原はいい」

「ですが、仕事が終わりませんし」

秋月さんに止められて、思わず言い返してしまった。

「このマンションのＢＯＥ分析は藤原がやれ」

近寄ってきた秋月さんが、浜野さんのデスクに置いてあった書類を手にする。

ＢＯＥ分析とは、様々な角度からその物件の純利益等を算出して、投資する価値があるかどうかを判断するための分析方法だ。ここ不動産投資企画部の仕事の大部分を占める。

とはいえ未熟な私は、先輩社員の計算のサポートは何度もしてきたものの、ひとりで任せられたことは一度もない。

「私ですか？」

「うちの部に、藤原という名の者がほかにいるのか？」

秋月さんは表情ひとつ変えずに言う。こういうところが冷酷だ。藤原はひとりだけれど、そんな言い方をしなくてもいいのに。

「藤原にはまだ早いかと」

私と同じように、秋月さんの指示に驚いている浜野さんが口を挟んだ。

「それじゃあ、いつになったらできるようになりますか？」

「それは……」

秋月さんの指摘に、浜野さんは黙り込む。

「誰でも初めてがある。藤原にはそれなりに経験を積ませてきたつもりだが」

秋月さんは〝できないとは言わせない〟とでも言いたげな表情で私を見つめる。

この部署は、会社の未来を左右する重要な責務を負うため、なかなか異動を希望する人がいない。私を含めて十二名という少数精鋭で働いているのだけれど、専門知識が最初からあるのは浜野さんを含めて四人だけ。あとは、全員秋月さんにしごかれて知識を身につけ、戦力となっている。

「やらせてください」

「いいだろう」

秋月さんは満足そうに、しかしどこか私を挑発するような視線を向けてくる。

この人の腹の中を理解するのは難解だ。あからさまに表情を崩すこともなければ、余計な発言もしない。サイボーグのように淡々と仕事をこなし、私たち部下の間違いや甘い見通しを瞬時に見抜いて指摘してくる。

人間味のない彼に仕事以外で話しかける人も少なく、プライベートではどんな人なのかは謎のままだ。

「藤原、大丈夫か?」

浜野さんが心配してくれるもうなずいた。

「秋月さんのおっしゃる通りです。誰にでも初めてがありますから、乗り越えるべき試練だと」

「試練? ただの仕事だ」

私をあざ笑うようにそう言い捨てた秋月さんは、自分のデスクに行ってしまった。

浜野さんは秋月さんのうしろ姿を見つめながらため息をつく。

「天才はこれだから」

そしてぼそっとつぶやいた。

天才は努力なしでも成功できる。だからできない者の気持ちなんてわからない――

と部署の人たちはよく話している。

ただ、秋月さんが作成した書類のファイリングを任されている私はそうは思わない。

秋月さんはたしかに天才だし成功者だけれど、その成功はしっかりした下調べやとんでもない量の計算の上に成り立っているものであり、天才ゆえのひらめきではないからだ。

「浜野さん、行き詰まったら教えてください」

「もちろん。頑張れよ」

「はい」

私は改めて浜野さんから書類を預かり、自分の席に戻った。

ひとつ案件を任されたからといって、進行中の仕事を放り出すことはできない。まずは昨日秋月さんに指示された、報告書の作成に没頭した。

対象となる物件は、港区《みなと》に建築予定の複合商業ビル。商業ビル開発部から上がってきた案件だ。

「NGなの？」

私はこうして資料をまとめるだけで、精査にはノータッチ。そのため、秋月さんが出した答えに少し驚いていた。

建築予定地は、駅から徒歩五分という一等地。計画書を見ると映画館やレストラン、ホテル、そしてプラネタリウムまでそろえており、新たなデートスポットになりそうだと感じる。しかし秋月さんの判断では、利益が出ないどころか数年後には赤字を叩き出すという予想だ。

これは会議で揉《も》めるかも。

六十名を超える社員を抱える商業ビル開発部は、おそらく自信満々でこの企画を上げてきている。それが秋月さんの精査で、計画が白紙撤回となるのだから。

ところが資料を作成していくと気がついた。

設定したテナント料が高すぎるのだ。用地買収費用と建築費用を回収するため、テナント料が高額になっている。周辺地域の別のビルと比較してもかなり強気の設定だ。開業すれば話題にはなるだろうけど、毎月のコストがかさむこのビルにわざわざ出店しようと思う企業がいくつあるだろうか。このビルに集客してもらい、近くの別のビルに出店したほうが、多少売り上げが少なくても純利益が増えるに違いない。

そんなことを考えながら次々と資料を見ていくと、その通りの結論が書かれていた。

商業ビル開発部は、自分たちの企画に自信を持ちすぎているがため、出店を断られるという可能性を考えていないのだ。

優良企業になればなるほど、コストに関する事項はシビアなはず。おそらく、すでに出店交渉も進めているのだろうけど、このテナント料を見せたらどんなに良好な関係を築いていたとしてもドライに切るはずだ。私がテナント側ならそうする。

いろいろ納得しながら、作業を続けた。

指示されたものを作るという受け身な作業ではあるけれど、実はかなり勉強になる。秋月さんが私にこの作業をよく振ってくるのは、そうした意図があるのではないかと思っている。

「できた」

没頭していたら、いつの間にかフロアには誰もいなくなっていて、時計は二十時四十分を指していた。

帰っていく部員たちに『お疲れさまでした』と事務的に声をかけていたけれど、まさか最後のひとりになっていたとは。

「片づいてる」

ふと浜野さんのデスクに視線をやると、ファイルの山がなくなっていた。

整理整頓が苦手なのは間違いないが、単に忙しくて片づける暇がないのかもしれない。でも、もっと忙しい秋月さんのデスクはきれいなままか……。

そんなことを考えながら、うーんと伸びをして、同じ姿勢での作業だったせいで固まっていた筋肉をほぐそうとした。

「肩こり、治らないな」

デスク仕事が続くと、肩から背中にかけての筋肉がガチガチになり、少し動かしたくらいではこりがほぐれない。肩こりがひどいと頭痛まで引き起こしてしまうのでなんとかしたいと、右手で左肩を揉み始めた。

すると部署の入口のドアが開く。もう誰もいないと思い込んでいた私は驚いて目を向けた。

「お疲れさまです」

入ってきたのは秋月さんだ。

「お疲れ。終わったか？」

「報告書は終わりました」

今日任されたBOE分析のほうは資料の読み込みすらできていないので、なんとなく小声になる。

彼は近づいてきて、なにも言わずにアイスコーヒーを私に差し出した。隣のビルの一階に入っている『プレジール』というシアトル発のコーヒーショップのものだ。最近SNSでもおしゃれで本格的なカフェとして話題になっており、全国各地に店舗を増やしている。

「えっと……」

「いらないのか？」

まさか、残業しているのを知っていて買ってきてくれたの？

仕事以外の会話をほとんど交わしたことがなく、クールで他人には興味がない人だとばかり思っていた。だからか、親切にされてびっくりした。

「秋月さんのコーヒーでは？」

尋ねると、彼は答える代わりにジャケットのポケットからガムシロップとミルクを取り出して私のデスクに置く。

「これもいるんだろ？」

「ご存じだったんですか？」

その通り、コーヒーには砂糖とミルクが必須のお子さま舌なのだ。

「ホイップ入りは恥ずかしくて買えなかった」

そして彼がぼそりと漏らしたひと言に噴き出した。仏頂面の彼がレジ前で『ホイップ追加で』と話す姿を想像したからだ。

「なに笑ってるんだ」

「なんでもありません。いただきます」

私はコーヒーを受け取り、早速ガムシロとミルクを全部入れて口に運んだ。

「あー、おいしい」

仕事のあとの一杯といったところだろうか。格別だ。

「苦いのが嫌いなら、ジュースでも飲んでおけばいいだろ」

パソコンの画面を覗き込んで、できあがった報告書を確認しながら彼は言う。

「嫌いじゃないんですよ。ただ苦すぎるのが嫌なだけで」

「苦いのがコーヒーだ」

彼はいつものように淡々と話す。

「それを言われるとなんとも」

「変なやつ」

ばっさり斬り捨てた彼は、「ここ」と、とある部分を指さした。

「あ、誤字。すみません」

慌てて打ち直すと、「それと」と強い視線を送られて背筋が伸びる。誤字どころではなく、この資料自体にダメ出しされる恐れがあるからだ。

実際『いちからやり直し』のひと言で泣いている部員はたくさんいる。幸い私はそこまでの宣告はまだ受けていない。

「これ、保存してるか？」

「あっ！」

自動保存にしておいたつもりだったのに、いつの間にかオフになっていて血の気が引く。気づかずに閉じたら、今日の残業が無駄になるところだった。

「危機管理能力が低い」

「すみません」

この部署は会社の危機管理の最後の砦なのに。

冷や汗たらたらで謝罪すると、彼は意外にも口角を上げる。

こんな柔らかい表情もするんだ……。

意外すぎて驚いたのと同時に、心臓がドクッと大きな音を立てた。

「人間はサイボーグじゃない。集中できる時間に限りがある。自分の限界を知っておくのも大切だ」

その通りだけれど、不動産投資企画部でサイボーグに最も近いのはおそらく秋月さんだ。

ただ、彼はその限界が私たちと比べてとんでもなく高いのかもしれない。

「わかりました」

「限界を超えているわりにはよくできている」

私が何時間もかけて作った資料をあっという間にチェックし終えた彼がそう言うので、きょとんとする。

「どうした？」

「……ダメ出しが来ると思っていたので、気が抜けました」

「ダメなところがないのにダメ出しなんてするか。それほど無駄な仕事はない」

反論の余地もない。ただ、中にはマウントを取りたいがために必死に粗を探して、それが見つからないと難癖をつけてくる人もいる。この部署には幸いいないが、他部署に顔を出すとそういう人をよく見かける。

この商業ビルのように、いちから計画練り直しになる指示を出す不動産投資企画部は、会社の中でも嫌われ者だ。だから目の敵《かたき》のような扱いをしてくる人が少なからずいて、皆痛い目に遭わされた経験がある。

「この仕事も勉強になりました。たしかに私がテナント側でも出店しないだろうなと思いました」

感じたままに話す。これを商業ビル開発部に行って口にしようものなら、『若造になにがわかる』と袋叩きに遭いそうだ。

「これ」

秋月さんはなぜかアイスコーヒーを指さした。

「コーヒーがなにか？」

「プレジールのCEOと知り合いでね」

「CEO？　すごい人脈をお持ちで」

セレブな人たちのネットワークでもあるのだろうか。

「不動産投資の勉強会で顔を合わせて、それからよくしてもらっている。それで、彼に聞いてみたんだ。『テナント料がべらぼうに高くても、立地がよければ出店しますか？』と。そうしたら『お前なら出店するか？』と逆に問われて、『絶対にしません』と。

ん』と答えた」

「は……？」

出店を促す側の秋月さんがそんな正直に答えて平気なの？

「そうしたら『正解だ』と。『立地だけがよくても意味がない。大切なのは収支のバランスだ。俺なら安いテナントで効率のいい集客方法を考える』と言われた」

不動産投資を学んでいる彼らが出店しないと口をそろえるからには、この計画は破綻すること間違いなしだ。

「今日、藤原のお墨《すみ》付きももらったから、怖いものはない」

「私を同列に並べないでください！」

私も不動産投資についての勉強には励んでいるものの、実際に投資した経験もなく、机上の空論で終わっている。秋月さんたちと比べたら素人同然なのに。

「そうか？　お前のその感覚、大切にすればいいと思うぞ」

「あ、ありがとうございます」

褒められ慣れていないせいか、くすぐったくてたまらない。

「即答できるくらい企画に無理があるのに、ＢＯＥ分析をしたりとか大変ですよね」

正直な声が漏れた。

この企画は甘いと見抜いているのに、彼は膨大な調査と計算をしてきたはずだ。正直、無駄だと思っているのではないだろうか。

「俺たちは、勘ではなく数字で示すのが仕事だ。不動産投資で大金を稼いでいる人たちは、様々なシミュレーションをしているからこそ成功している。ピンとくる感覚は必要でも、それを証明するのはあくまで数字だ」

やっぱり秋月さんは天才なだけでなく、努力の人だ。有能すぎて簡単に案件を処理しているように見えるため、努力をしていないように思われがちだけれど、誰よりも基本に忠実なのかもしれない。

「そうですね。肝《きも》に銘《めい》じておきます」

そう返すと、彼はなぜか私にくれたコーヒーを手にして飲んでしまう。

「なんだこれ、甘すぎる」

眉間にシワを寄せて苦言を呈する彼を前に固まった。

――これ、間接キスじゃない。

彼の形のいい唇は、メイクを落とした私のそれよりきれいな色をしている。その唇が、私が使ったストローをくわえたと思うと、妙に恥ずかしくて鼓動が速まってしまった。

「CEOの岩波《いわなみ》さんが、コーヒーには自信があるからブラックで飲んでほしいと言ったぞ」

「す、すみません。努力します」

「冗談だ」

こんなふうに口の端を上げて笑う彼は記憶にない。仕事が終わってリラックスしているのだろうか。

「今日はもう帰ろう」

「はい」

もしかしたら、自分が頼んだ仕事だからと待っていてくれたのかもしれない。

それなら申し訳ないと、急いでパソコンの電源を落として、デスクに出してあった資料をバッグに突っ込む。ところが急ぎすぎて、落としてしまうありさまだ。

「あっ……」

使い込んでボロボロになったノートを拾おうとすると、秋月さんの手が重なった。

さっきアイスコーヒーのカップを握ったからか、彼の指先は冷たい。

「すみません」

慌てて手を引くと、彼はノートを取り上げてパラパラとめくりだす。

「ああっ、見ないでください！」

実は私は入社前から不動産投資について学んでおり、その知識を評価されて中途採用に至った。このノートはその勉強に使ったものだ。仕事にも役立つ知識なので、時々出しては目を通している。

「なるほど」

なにが『なるほど』なのかさっぱりわからない。

「これだけ熱心に不動産投資について学ぶ原動力はなんだ？」

そう尋ねられて動揺した。まるで、お前の魂胆《こんたん》なんてお見通しだと言われているような気がしたからだ。

いや、考えすぎだ。妙な態度をとっては余計に勘ぐられてしまう。

私は自分の気持ちを落ち着けるためにも、あえてにっこり微笑んでから口を開く。

「お金持ちに、なりたくて」

我ながら小学生のような答えだなと思いつつも、そうした動機で不動産投資を始める人がわんさかいるので問題ないはず。

「へぇ」

彼は短い相槌《あいづち》を打った。

ふたりだけになったからかクーラーが効きすぎていて寒いくらいなのに、全身の汗腺がブワッと開く。

まったく読めない彼の感情が気になるものの、心の中を探られまいと必死にポーカーフェイスを装った。

「それで、もう投資したのか？」

そう聞かれた瞬間、緊張で息苦しかった呼吸がもとに戻った。

大丈夫だ。なにも勘づかれてはいない。

「いえ。いろんな物件情報を見て勝手にＮＯＩを計算しているだけで」

不動産の価値を試算するＢＯＥ分析の中でも最も重要な指標であるＮＯＩ――予想される収入から経費を引いた実質収益――を算出して、この物件は利益を生みそうだとか、手を出してはいけないとか考えてみることはある。ただ、実際に投資となると、資金も必要だし度胸もいる。いくら計算上は利益が出るとしても、確かな保証はないからだ。

だから、大学生のうちに不動産投資を始めた秋月さんの肝の据わり方に驚いている。実家が裕福だといううしろ盾はあったかもしれないけれど、噂《うわさ》では銀行に必ず利益を生むと納得させて多額の融資を受けたようだし。

「そうか」

もうこの話は終わりにしてほしい。

「お待たせしました。帰りましょう」

秋月さんからノートを受け取ろうと手を出したものの、さらにページをめくられる。

「秋月さん？」

「懐かしいな。俺もこうやって勉強してた」

なにを言われるのかと思いきや、昔の自分を懐かしんでいたとは予想外だ。

「そうでしたか。私は秋月さんのような決断力も行動力もないので、いつか投資できたらという希望を持っている程度ですけど」

なんて、本当は今すぐにでも始めたい。しかし、資金も能力も不足していてできないのが現実だ。

「藤原。明日、暇か？」

「明日ですか……」

スケジュールを確認するまでもなく、一日暇だ。けれど、休日に誘ってくれる男性や友人がいないとみずから明かすようで悔しくて、「えーっと」と手帳を出してスケジュールを確認する振りをする。

それにしても、暇だとしたらなにがあるのだろう。精査する案件の現場視察にでも連れ出されるのか。休日の人の流れを確認するために、休日出勤したことは過去にもあるのだ。

「大丈夫かと」

「それじゃあ十二時頃から空けておけ」

「わかりました。それでどちらに？」

「考えておく」

考えておくとは？

建設候補地がいくつかあるという意味なのかな。でも、そうしたことは各部署でやるものだし。

よくわからなかったものの、「そうですか」と答えておいた。そもそも秋月さんはよくわからない人だから。

ようやくノートを返されて、バッグにしまう。

「それでは、お疲れさまでした」

彼を先に廊下に促して、空調と照明のスイッチを切ってオフィスを出ると、なぜか通路で秋月さんが待ち構えている。

「忘れものですか？」

「行くぞ」

「はっ？」

チラッと私に視線を送った彼は、長い脚を動かし始めた。

「送ってやる」

「とんでもない。ひとりで帰れます」

これまた小学生のような返答だ。意外なことを言われたときの返しがうまくないと自分でも思う。

「そんなことはわかっている。車のほうが楽だろう？」

現在住んでいるマンションは、電車で二十五分、さらに駅から徒歩で十五分ほどかかる。

マンション前まで送ってもらえたら楽だけど、送ってもらうのも悪い。というか、道中なんの話をしたらいいのかわからないというのが本音だ。

「秋月さんお疲れでしょうから、お気遣いなく。失礼します」

当たり障りのないようにお断りをして足を踏み出した瞬間、腕をつかまれてしまった。

「なるほど。俺から一刻も早く離れたいということだな」

「と、とんでもない！」

若干心の中の声を読まれていて焦る。

一刻も早く離れたいというわけではないけれど、プライベートがまったく見えない彼と会話を膨らませる自信がないのだ。

……ということは、早く離れたいのか。

自分の気持ちがよくわからなくなり混乱していると、彼はあからさまにため息をついた。

「不動産投資について話してもいいと思ったんだが」

「お願いします！」

手のひらを返すようだと思ったけれど、不動産投資について教えてもらえるならぜひ聞きたい。

様々な本を読んだり、そうしたセミナーに顔を出したりするものの、実際に不動産投資をしている人のノウハウを聞くのが一番役立つ。しかも彼は凄腕投資家なのだから、最高の講師だと言っていい。

「それじゃあ、こっち」

ようやく腕を放してくれた彼は、私をエレベーターに促した。

地下駐車場で高級車に乗せられて、住所を告げる。ナビに入力する彼を見ながら、やっぱりついてきたのを後悔しつつあった。

不動産投資についての話は聞きたいけれど、どうしても緊張する。普段近寄りがたい人だから余計に。

「説教するつもりはないから心配するな」

よほど顔がこわばっていたのか、エンジンをかけた彼が唐突に言う。

「はい」

それから沈黙が続く。革張りのシートの座り心地は最高なのに、居心地は最悪だ。

車を発進させて大通りに出た彼は、ハンドルを巧みに操りながら口を開いた。

「今住んでいるマンションのＢＯＥ分析しただろ？」

「しました」

「俺もそこから始めた」

「そうだったんですか」

一気に親近感が湧く。

「それで、結果は？」

「おそらく、あまり利益は上がっていないかと。大家さんはもともと土地を持っていらっしゃったようなので、損害が出ているわけではないでしょうけど」

私が住んでいるのは四階建ての鉄筋コンクリート造りのワンルームマンションだ。住宅街の一角にあるものの、駅まで少し遠い。バスも近くを走っていないため、駅近くの似たようなマンションには敵わない。その分家賃は控えめに設定しなければならないし、それでもなお空室になっていることが度々ある。

「デベロッパーにうまいことを言われて造らされたんだろうな」

私はうなずいた。

不動産についてよく知らない人は、口車に乗せられてマンションを建てるケースが多々ある。相続税対策になるだとか、働かずとも家賃で収入が得られるだとか、よい点ばかりを強調されてその気になるのだ。

ところがBOE分析が甘ければ、思ったほど収益が上がらない。最悪の場合はローンを返せない事態に陥る可能性があるのだが、そのあたりはごく簡単に説明されるだけ。『我が社が全面的にバックアップします』なんていう営業トークで建設に踏み切ってしまうケースもあると聞く。

そうした悪質な勧誘を行う会社が存在するのは、業界でも有名な話だ。

「それで、もし藤原が大家ならどうすべきだと思った？」

「はい。全室ワンルームなのですが、私なら２ＬＤＫや３ＬＤＫにしたと思います。駅から少し離れているので会社勤めの単身者をターゲットにするよりは、家族向けのほうがよいかと。周辺の治安もいいですし、近くにある中学校は学力が高いことで有名なんです」

「なるほど。妥当な意見だ」

　意見を否定されなくてホッとした。

　こうした物件を造るときは、ワンルームに限ると主張する人も多い。回転率がよいうえ、リフォームのために空き家にしなければならない期間が比較的短くて済むからだ。

　しかし、絶対ではない。周辺の状況を見極める必要がある。

「その場合のＮＯＩは？」

「現在の予想ＮＯＩより、年間で三百万ほどは収益が増えるのではないかと」

　あくまで予想なので、実際はどうなるかわからない。単なる私が出した結論だ。

　自分の意見を話すと、彼は黙り込んでしまった。

　あきれているのかなんなのか、この沈黙は怖い。

縮こまっていると、秋月さんがふっと笑うので驚いた。今の話のなにが面白かったのかさっぱりわからないし、そもそも彼が声を出して笑うところなんて初めて見たからだ。

「そこまで計算してるのはさすがだな」

「あ……」

もしかして、自分の所有する物件でもないのにと笑ったの？　でも、秋月さんが振ったんじゃない。

心の中で反発していると彼は続ける。

「俺もやったな。高校生の頃、賃貸情報誌片手に計算ばかりしてた。それで俺ならここをこうするのにとか生意気なことを考えて」

「高校生で？」

それは生意気……いや、やはりただ者じゃない。

それにしても、さっきの笑みが失笑でなくてよかった。

「不動産投資を学ぶのに、そうしたことから始めるのは正解だと思う。いくらセミナーで話を聞いても実際に自分で計算してみないとわからない」

それには同意だ。成功体験をいくら聞いたところで、ＮＯＩをはじめとする予測ができない人間には失敗しか待っていない。

「あとはよい人脈」

「プレジールのCEOがそうですか？」

「そう。岩波さんは個人で投資をするためではなく、プレジールの出店のために不動産投資を学んでいた。部下から出店の相談があると、必ず自分でBOE分析をしてみるそうだ。カフェだから商品が売れるかどうかが大きなカギを握るが、成功するためには、立地や集客力といった様々な観点からはじき出す緻密な計算が必須なんだろう」

私は深くうなずいた。

「きちんと学んでいる人と親しくなると、お薦めの物件を教えてもらえたり、金融機関とつないでくれたりするぞ」

そうだったのか。たしかにセミナーに行くと終了後、いたるところで雑談が始まる。私はその輪に入る勇気がなくてそそくさ帰ってしまうけれど、もったいなかったかも。

「俺も最初の投資が学生時代だったから、銀行はどこも相手にしてくれなかった。セミナーで知り合った大物投資家に投資物件について相談したら、大手銀行に自分が保証人になるからと橋渡しをしてくれて、低い金利で借りられたんだ」

大学生にして、私よりずっと度胸もあったということだろう。

「自己資金はゼロから始めたんですか？」

「いや、幼い頃から貯めていた金が五百万くらいあって」

「五百万？」

「社長の父にいい顔をするために、俺や兄に小遣いやお年玉をくれる人がよくいたんだ。それで取引ができるなら安いものだからな」

私とは住む世界が違う。

「それをまずは株式投資で一千万くらいにもっていった」

なにもかも想定外で、目が飛び出そうだ。

お小遣いやお年玉を全額貯めたとしても五百万に到達する人なんてそうそういないし、不動産投資の前に株でもうけを出しているとは。

「だから藤原にもできるはずだ」

「できる気がしませんけど」

私にはもう少し資金がある。その点では秋月さんより有利だけれど、同じような道をたどれる気がまったくしない。

つい数分前に、スタートは誰でも同じなんだと思ったばかりなのに。

ひたすら感嘆のため息をついていると、マンションの前に到着した。

「今日はありがとうございました」

車を降りてから開いた窓越しに挨拶をする。

「明日十二時な」

「承知しました」

「それじゃ」

狭い車内でふたりきりなんて、話が続かないのではと心配していたが、あっという間だった。

「やっぱり、努力の人なんだろうな」

小さくなっていく車を見つめてつぶやく。

お小遣いが五百万円も貯まる家庭環境というのは特別だけど、高校生で株も不動産も勉強して、なおかつ失敗しないだけの知識を身につけるというのは、並大抵の努力じゃないはずだ。

冷たくて近寄りがたいとばかり思っていたけれど、笑うこともあるようだし。

初めて知った一面に満足した私は、部屋に帰って夕飯を作り始めた。

翌日の土曜日。指定された十二時少し前にマンションの前で待っていると、あの高級車が滑り込んできた。

細い路地に大きな車。なかなかの貫禄だ。

「待たせたか？」

彼は窓を開けて問う。

「いえ、まだ十二時前ですし」

秋月さんは時間や期限は必ず守るようにと口を酸っぱくして言う。基本的なことができない者は信用を勝ち取れないというのがその理由だ。

だから部署の人たちは、提示されている締め切りを必ず守るし、よほどのことがない限り会議も時間通りに始まる。

「乗って」

「失礼します」

昨日とは違い、素直に助手席に座ってから気がついた。てっきりスーツで来ると思っていた秋月さんが私服なのだ。白いTシャツに紺のシャツを羽織り、ベージュのテーパードスリムパンツを合わせている。着こなしも完璧で、さわやかな好青年といったところ。

会社ではスリーピースばかりなので新鮮だった。

「なんだ?」

　あまりにまじまじ見ていたからか指摘されてしまった。

「すみません、秋月さんの私服姿を初めて見たので、ちょっと驚いて」

「センスが悪いと?」

「逆ですよ！　いい男はなんでも似合うんだなと感心してたんです」

「そんなお世辞はいらない」

　少しはうれしがったり照れたりすればいいのに、表情を崩さずそんなひと言。彼を冷酷だと感じるのはこうしたところがあるからだ。

「お世辞なんかじゃないですよ。それで、今日はどこに行くんでしょう」

　スーツではないけれど、おそらく視察だろう。

「昼食はまだだよな?」

「はい。寝坊したので朝が遅くて」

　土日は九時くらいまで寝ていることが多い。今日も九時少し前に起きて、クロワッサンと夕飯の残りのポテトサラダを軽く食べた。

「それじゃあ食べに行くぞ」

「はぁ……」

休日出勤のご褒美《ほうび》かしら。秋月さんに食事に誘われたのが初めてで、少し戸惑う。

「イタリアンでもいいか?」

「大好きです」

「了解」

彼はそれから黙って車を走らせた。

渋谷《しぶや》で駐車場に車を停めた彼は、私を先導するように歩きだす。そして吸い込まれるように入っていくのは大きな商業ビル。

見覚えがあると思ったら、ライバル会社の大東不動産が企画そして建設し、大盛況の『ブルーム渋谷』だった。

「私、初めてです」

噂は何度も耳にしたけれど、実際に足を運ぶのは初めてだ。かなりの営業利益を上げているというだけあって人であふれている。

「ライバル社とはいえ、成功した物件は参考になる。大東不動産の跡継ぎが相当凄腕で、あの人が企画したビルはすべて成功を収めている。相馬《そうま》響《ひびき》という名前聞いたことない?」

「あ……。雑誌の対談で読みました」

建築、そして不動産業界への熱い思いを語っていた記事に釘付《くぎづ》けになった。

「俺たちがビルを企画するわけじゃないけど、ＮＯＩを上げるためのよりよい提案はできる。知っておいて損はない」

「はい」

今日はそのためにこのビルに足を運んだのだろうか。エレベーターに乗り込んだ彼に続いて口を開く。

「あの……視察はこちらで？」

「視察？　俺は仕事だとはひと言も言ってないが」

仕事じゃないの？　それじゃあなに？

首をひねる。すると彼は「とにかく行くぞ」と目的をはぐらかした。

エレベーターを降りて向かったのはイタリア料理店……なのだけど、私が想像していたピザやパスタなどのカジュアルなお店ではなく、フルコースが出てくる高級店。

仕事だと思い込んでいたので、私は白いブラウスにネイビーのひざ丈タイトスカート姿。ラフすぎる格好でなくてよかったと胸を撫で下ろした。

それにしても、御曹司ともなると普段使う店からして違う。

紳士的にエスコートしてくれた彼は、私の対面に座りメニューを広げる。

「嫌いなものは？」

「特にないです。あっ、今まで食べたことがあるものでは、ですけど」

こんなかしこまったイタリアンは初めてで、未知の食材が出てくるのではないかと余計な言葉を付け足していた。緊張気味なのだ。

「そんな変なものは出てこないと思うけど。それじゃあ、セコンド・ピアットだけ選んで？」

「セ、セコンド？」

メニューを見てさらりと言うが、私の頭の中はクエスチョンマークだらけ。初めて聞く言葉に、顔が引きつってくる。

「あぁ、肉か魚か。両方でもいいけど、真ん中あたりにメニューがあるだろ？」

「これのことですか」

それなら肉か魚かと聞いてほしいと思うのは、庶民の考えだろうか。

「牛ヒレ肉のロティで」

ロティとは、たしかローストのことだったはず。正直、メニューを見てもこれくらいしか味を想像できなかった。

「了解」

彼はすぐさま店員を呼び、コース料理をオーダーした。オッソブーコというまったく聞き慣れない料理を選んでいる姿を見て、常連なのかなと感じる。

「そんなに緊張されると困るんだけど」

「すみません」

格式高いレストランに、仕事外の話。一体なにが起こるのかと身構えているのだ。使い物にならないと、部署からの追放を言い渡される？　でも、例のマンションのBOE分析を任されたばかりだし。それならなんだろう。

「藤原は、どうしてうちの会社に入った？」

「えっ？」

炭酸水に手を伸ばした彼に尋ねられ、一瞬息が止まる。

大丈夫。なにも知られているわけがない。

入社理由が複雑な私は、緊張で高鳴る鼓動を感じながら笑顔を作る。

「不動産投資に興味があったので、勉強もできてお給料ももらえるのが魅力的だったんです」

万が一、この質問をされたらこう答えると考えていた言葉を並べる。

「そう。それじゃあ、どうして不動産投資に興味を持った？」

「それは、お金持ちになりたかったからだと」

昨日話したはずだ。

「どうして金が必要なんだ？」

止まらない質問に冷や汗が出る。

「必要というわけでは……。誰でもお金持ちになりたいものでしょ――」

「嘘だな」

私の発言を遮る秋月さんは、炭酸水を口に含んで飲み込んだ。大きな喉仏が上下に動くのを見ながら、動揺を悟られてはいけないと必死に気持ちを落ち着ける。

「藤原里沙。母方の祖父は山根太志《やまねたいし》」

祖父の名を出された瞬間、背筋に冷たいものが走る。

なにも言えないでいる間に、アンティパストが運ばれてきた。

「こちらはブッラータチーズとトマトのカプレーゼでございます。濃厚なチーズと、当店自慢のオリーブオイル――」

ウエイターが説明してくれるけれど、まったく頭に入ってこない。一方、秋月さんは涼しい顔で小さくうなずきながら耳を傾けていた。

「それではごゆっくりお楽しみください」

ウエイターを引き止めたい気持ちでいっぱいになったものの、当然そんなことはできない。

「ここのチーズは格別だ。食べて」

「はい」

彼はさっきの話がなかったかのようにフォークを動かし始めるが、食欲なんてまるでなくなってしまった。

フォークを握るとその冷たさに驚く。いや違う。私の指先が冷たいのだ。

ブッラータチーズにナイフを入れると、中からトロトロのチーズが流れ出てくる。トマトと合わせてフォークにのせて口に運ぼうとしたとき、彼が見ているのに気づいた。

「そんなに警戒するな」

「警戒、なんて……」

視線を外してから口に入れる。甘酸っぱいトマトとコクのあるチーズ、そしてオリーブオイルのほのかな辛味が口いっぱいに広がった。

ナフキンで口元を拭いた秋月さんは、水をひと口飲んでから話し始める。

「十年前。山根さんは、とある都市開発プロジェクトの対象となる地区に住んでおられて、都市開発反対派のリーダー的存在だった」

こんなことになるなら来なければよかった。用があると逃げれば……。

けれど、今さら後悔しても遅い。

私は秋月さんと視線を合わせないようにしてひたすらトマトを口に運んだ。

「都市開発は住民の意思に反して着々と進んだ。オフィスビルやタワーマンション、そして大手スーパー。その地域を丸ごと変革させる大規模なプロジェクトだ。開発が始まると、金を積まれて立ち退きに応じた者もいた。一方どれだけ迫られても首を縦に振らない人のもとには、反社の人間まで駆り出された」

あぁ、この人は全部知っているんだ。知っていて、私を潰すつもりなんだ。

志《こころざし》なかばどころか、ようやくスタートラインに立てたところなのに、あっさり気づかれてしまうとは。

「反対派の長として闘っているうちに、山根さんは心筋梗塞《しんきんこうそく》を起こして亡くなられてしまった。おそらく、かなりのストレスがかかっていたものと思われる」

それを認めてもいいの？　あのときは、因果関係がないと切り捨てたくせして。

次のチーズを口に運ぼうとしたけれど、無理だった。彼のようにポーカーフェイスは貫けない。

「それで、私が山根太志の孫だからなんですか？」

すべてを知られていると悟った私は、自分からカミングアウトした。すると彼は神妙な面持ちでうなずいている。

ブラウスが肌に張りついて気持ちが悪い。空調がよく効いているはずなのに、全身に嫌な汗をかいていた。

「あの開発は、我が社のプロジェクトの中でも類を見ないほど規模の大きなもので、兄が指揮をとっていた。当然知っているだろうけど」

もちろん、知っている。知っていて秋月アーキテクトに入社したのだから。

「どうして、お気づきになったんですか？」

ここまで知られていてはごまかせない。逆に尋ねた。

「あのプロジェクトに関しては俺もずっと気になっていて、いろいろ調べていたんだ」

調べていた？

彼の兄、文則さんはたしか彼とは六つほど年が離れているはずだ。文則さんは取引先である大手銀行の重役の娘と政略的な結婚をして、男の子がふたりいると聞いている。

文則さんが引っ張るそのプロジェクトが進行していた頃は、秋月さんはまだ学生。

それなのにどうしてだろう。

「それで、山根さんを知った。調査の過程で、山根さんは両親を事故で亡くした里沙という名の小学生の孫を引き取って育てていたことがわかった。山根さんが亡くなったあと、身寄りがないその子は施設に引き取られたと」

その通りだ。それが私。

祖父が守ろうとしていた家と土地を手放したお金で高校には通えたのだが、悔しくてたまらなかった。いつか祖父の無念を晴らしたいと、高校卒業後は飲食チェーンに就職し、レストランで働きながら不動産投資について学んだ。そして中途採用枠で秋月アーキテクトに入社したのだ。

「それで、私をどうするおつもりで？」

彼は、私が復讐のために秋月アーキテクトに潜り込んだことに気づいている。当然クビだろう。これは最後の晩餐《ばんさん》だ。

「率直に言う。俺とタッグを組まないか？」

「タッグ？」

想像だにしない言葉に、瞬きを繰り返す。

退職勧告だとばかり思っていたのに、タッグを組むとは？

「そうだ。俺は兄のやり方が気に入らない。父も同様」

「えっ？」

兄弟が不仲だという噂など聞いたためしがないので、面を食らった。

「秋月アーキテクトは、あのふたりのせいで間違った道を歩んでいる。都市開発事業部が我が社の癌《がん》だ。俺は父と兄を追い出して社長に就任し、正しい軌道に戻すつもりだ」

ほかの部の甘い見積もりを追及するときのような鋭い目。この眼差しにつかまったら誰しも背筋が凍る、カリスマ性と能力を持ち合わせた人だ。

そんな彼が大きな野望を口にして、私と組みたいというのが不思議すぎる。

有能で会社への貢献度が大きい彼なら、このままいけば次期社長候補の筆頭だろう。ただ、それは兄の文則さんも同様に違いない。

文則さんは強引な手法で都市開発を続けて、これまた会社への貢献度は高い。しかも、損害を出さないようにする不動産投資企画部とは違い、莫大な利益を上げて実力を示すという意味では、文則さんのほうが目立っている。たとえ貢献度が同程度だったとしても。

そうすると、分が悪いのかも。

「私に関係ありますか？」

そんな一族の争いに私は興味がない。私が憎いのは、強引な都市開発を主導した文則さんと、それを黙認した社長だけでなく、秋月アーキテクトという会社そのものなのだ。

いくら秋月さんは関与していなくても、味方ではなく敵だ。

「秋月アーキテクトが憎いか？」

ズバリ切り込まれて一旦は口を閉ざした。けれど、ここまで知られているのだから正直に答えよう。

「憎いです。すぐに潰してやりたいほど憎い。それに……その力がない自分も憎い」

小学校四年生の冬。事故で突然両親を亡くし、絶望のどん底に落とされた私を救ってくれたのは祖父だ。

『里沙ちゃんはいい子だ』

そう言う祖父は、いつもにこにこ笑顔を絶やさず、しわしわの手で私の頭を撫でた。すでに亡くなっていた祖母の代わりに料理をし、ときには包丁でケガをしながらおかずを準備してくれた。

それだけでなく、遠足のときには夜が明ける前から弁当をこしらえてくれた。茶色ばかりの地味な弁当だったけど、泣きそうなくらいおいしかったのを覚えている。

そんな祖父を苦しめた人たちが憎くないわけがない。

「兄が……秋月アーキテクトがやったことは、悪徳業者と言われても仕方がない行為だ。藤原の無念も晴らすつもりだが、それでもまだ腹の虫がおさまらないなら、父と兄を引きずり下ろしたあと、俺を刺してくれて構わない」

「刺す？」

物騒な言葉が飛び出し、目を白黒させる。

「告発をして会社を追いつめてもいい。物理的に俺を刺してもいい」

「刺すなんて、そんな」

いくらはらわたが煮えくりかえっているとはいえ、当時の開発に一切かかわっていない彼を刺すなんてありえない。

「秋月さんは、社長に就任すればそれでいいということですか？」

そのためには命をかけると言われているような気がして尋ねる。

「父と兄に地獄を味わわせられればそれでいい。社長就任は、彼らを跪《ひざまず》かせるための手段に過ぎない」

この人、本気だ。引き締まった表情を見ていればわかる。

「どうして家族が憎いんですか？」

父や兄にそこまでの憎悪の念を抱くなんて普通じゃない。

「それは藤原には関係ないことだ」

ピシャリと拒絶されて、距離を誤ったと反省した。

複雑な表情でため息をつく彼は続ける。

「俺は父と兄を追い出すために藤原を利用させてもらう。藤原は俺を利用すればいい」

「利用？」

「あぁ。俺の近くにいれば兄との接点も増えるはずだ。一般社員の耳には入らない情報を流すこともできる」

彼が本当に味方になるなら鬼に金棒だ。

私が考えていた復讐のひとつは、プロジェクトをわざと失敗させて会社に損害を与えること。もちろん、社運をかけた大きなプロジェクトを狙うつもりではあったが、アシスタント業務ばかりではそれも叶わない。

もうひとつは、会社の裏事情をよく知る人間に近づいて、当時の不正行為を暴いて明るみに出そうと考えていた。そのために文則さんが所属する都市開発事業部の数人に接触を試みたことはあるものの、今のところ有益な情報は得られていない。それなのに、当の文則さんに近づけるとは願ったり叶ったりだ。

そして最終的には、不動産投資のノウハウを盗み、祖父との思い出の家があった土地を買い戻したいという野望がある。

小学校四年生の頃から祖父と四年近く暮らした家があった場所は、現在はレストランが建っていて、周囲が発展したせいで資産価値が高騰《こうとう》している。買い戻すにはかなりの資金が必要で、いち社員としてコツコツ働いていては到底無理なのだ。

業界で名が知れ渡っている秋月さんのうしろ盾があれば、銀行からの融資も通りやすくなるはず。

私の心は激しく揺れた。

「秋月さんは私のなにを利用するんですか？　私はなにも持ってませんよ」

私のほうに彼を利用するメリットはあっても、私はなんの役に立てるというのだろう。

「は？」

「結婚しよう」

突拍子もない言葉に耳を疑う。

結婚って？

「頻繁に連絡を取り合うと余計な勘ぐりが入る。夫婦ならそれも問題ない」

「結婚って、なに考えてるんですか？　結婚したら、秋月さんにメリットがあるとでも？」

答えをはぐらかされた気がしてもう一度問う。

連絡が取りやすくなる程度の理由で結婚に踏み切るのが信じられない。そんなことのために、愛情の欠片《かけら》もない私と入籍するの？

「妻帯者というのは意外なくらい信頼される。独身者だと大損害を出しても最悪自己破産すればいいと考えている投資家も中にはいるんだ。ところが守るべき家族がいる人間は、より慎重に、そして丁寧に推考を重ねるものだ」

だから信頼を得やすいということか。

「俺も、妻を持ったほうが発言に説得力が出るはずだ。それと、都市開発事業部が次なるプロジェクトを水面下で始動させている。山根さんが犠牲になったあのプロジェクトより大規模なものだ」

「そんな……」

「千葉《ちば》県のとある企業の工場が移転することになり、その土地を買い付ける予定だ。その周辺の地域を巻き込んで、都市開発をするつもりなんだ」

鳥肌が立つ。祖父の家があった場所と同じような手法だからだ。

「その付近は戦争で焼け残った地域らしくて、昔からの家が多く立ち並んでいる。その一区画を買い取ってタワーマンションや大型ショッピングモールなどを建設する予定だ。駅前にある昔ながらの商店街も更地にして商業ビルを建てる計画になっている」

また理不尽な土地買収に苦しむ人が出るの？　そんなの、見ていられない。

あの頃の悲しみや憤りがよみがえってきて、息が苦しい。

唇を噛みしめると、難しい顔をした秋月さんはまっすぐな視線を送ってくる。

「俺はそれを阻止したい。だから、結婚して盛大な式を挙げよう」

そのプロジェクトと結婚の関係が理解できず、瞬きを繰り返す。

「それはどういう……」

「結婚式に投資家仲間を招待して、秋月アーキテクトを強く意識させる。そして、今、都市開発事業部が狙っている地域の土地やマンションを――」

「買ってもらうんですね」

つまり、秋月アーキテクトが手掛けるプロジェクトに目を向けさせて、資産価値が上がるだろう用地を投資家たちに先に手に入れてもらうのだ。

不動産について詳しくない住民は、口車に乗せられて安い価格で土地を買い取られてしまう可能性が高い。実際、祖父がかかわったあの都市開発でもそうだった。

一方で投資のプロたちは、値上がりすると予想される土地や建物を簡単には手放さない。売るにしても、高値を要求する。そうすると、買収のための資金が枯渇《こかつ》し、開発そのものを断念しなければならなくなる可能性もある。

そうやって文則さんが率いる都市開発事業部の業務を妨害し、失敗に追い込むつもりに違いない。

私の漠然とした計画とは違い、あまりに具体的なそれに驚き、口を挟んでしまった。

「そう。さすがに何百億も動かす力は俺個人にはないからな。全部じゃなくていい。開発予定地に点在するように仲間が所有してくれれば、思うような開発がままならなくなる」

大規模なプロジェクトに失敗すれば、文則さんの責任を問う声は社内に限らず株主からも飛ぶはずだ。そう仕向けて、社長就任のレースから遠ざけるつもりなのだろう。

会社に忠実だとばかり思っていた彼の胸中を知って驚きを隠せない。

「藤原がどんな復讐を思い描いているかは知らないが、かなりのダメージは与えられるはずだ」

「ですけど、会社に損害が出ますよ」

文則さんだけでなく、規模によっては会社が傾く可能性もゼロじゃない。私はそれでも構わないが、社長のイスを狙う秋月さんは困るのでは？

「そんなものは別のプロジェクトで取り返すまで」

彼は言いきる。

「でも、そんなことできるでしょうか？」

「できるかどうかではなく、やるんだ」

百戦錬磨だろう彼の強い言葉に、それ以上反論は出てこなかった。

ただ……。

「私が山根太志の孫だと知られたら、結婚をご家族に反対されるはず」

「それは心配ない。家族は俺のことになんてまったく興味がないし、誰と結婚しようがなにも言わないだろう」

彼は苦々しい顔で言う。

息子や兄弟に興味がない家族なんている？

驚いて秋月さんをまじまじ見てしまう。すると彼は小さなため息をついた。

「少し複雑なんだ。だから心配するな」

どうやら訳ありらしいが、詳しく話さないところを見ると聞くなと言っているに違いない。

「……そうですか。わかりました。その話に乗ります」

これは大きな賭けだ。けれど、彼の真剣な目を見て手を取ることに決めた。

妻や娘に先立たれ、祖父は随分寂しい思いをしてきた。そのうえ立ち退きを迫られて、『平穏に暮らしたいだけなのに。この家には思い出がいっぱい詰まってるんだ』と涙を流した姿をどうしても忘れられない。

曾《そう》祖父の代から受け継いだその家は、特に立派というわけでもなく古ぼけていたけれど、『新しいマンションはここより快適ですよ』なんて軽い誘い文句にうなずけるわけがなかった。

「よろしく」

大きな手を差し出されて、ようやく緊張が解けた私はそれを握る。

「よろしくお願いします」

結婚なんて考えたこともなかった。私の一番の目標は祖父の無念を晴らすことで、自分のことはそのあとでいいと思っていたからだ。

「里沙」

「えっ？」

唐突に下の名を呼ばれて、心臓がドクンと跳ねる。

「妻なんだからそう呼ばないとおかしいだろ。仕事は藤原のままでも構わないが、里沙も秋月になるんだ」

あたり前のことかもしれないけれど、ついさっきまでただの上司だった人なのに。

「そう、ですよね」

「俺は総司でいい」

彼が男性だと意識した途端、形のいい薄い唇が目の前で動いているのが恥ずかしくてたまらなくなった。

そういえば昨日、私のアイスコーヒーを甘いと文句を言いながら飲んでいたっけ。余計なことまで思い出して、顔が赤くなっていないか心配になりながら口を開く。

「……総司、さん」

彼の名を口にするのに、こんなに勇気がいるとは思わなかった。大きな仕事をひとつ終えたような疲労感すらある。

いや、たった数分の間に自分の素性が知られていると知り、とんでもない策略を告白されて結婚を承諾したのだ。人生で一番大きな仕事だったのかもしれない。

「それでいい。結婚に関する準備はすべて俺がする。俺のマンションで同居で構わないか？」

「……はい」

すでに私の生涯年収以上を稼ぎ出している彼は、間違いなく立派なマンションに住んでいるはずだ。しかもＢＯＥ分析をしているだろうから、何年後かに手放しても利益が出るような価値のある物件のはず。

そんなマンションに住めるのはありがたいけれど、ついさっきまで冷酷な上司、しかも敵だと思っていた人とひとつ屋根の下で暮らせるだろうか。愛しあう者同士の結婚でも、うまくいかないケースはごまんとあるのに。

「不安か？」

「はい、少し」

本当は少しではない。かなり不安だ。

「心配するな。同じ家に住むというだけだ。外では夫婦を演じてもらいたいが、家の中では求めない」

「わかりました」

こんなドライな新婚生活を送るとは考えてもいなかったけれど、私はうなずいた。

「表情が硬いぞ」

「そりゃあ……」

仕事の視察だと思っていたのだから、硬くもなる。

「里沙を泥船に乗せるつもりはない。もちろん俺も乗らない」

成功者である総司さんがそこまで言うのだから信じよう。

「リスクがゼロだとは思っていません。でも、必ず目的は達成したい」

「いい心がけだ」

わずかに頬を緩めた彼は、再びナイフを動かし始めた。

「せっかくの料理だからおいしくいただこう」

「はい。今日の用って……」

「プロポーズだ」

さらりとそう言う彼は、チーズを口に運ぶ。

最初からこの提案を持ちかけるつもりだったようだ。

それにしても、プロポーズってこんなに淡々と、そして喜びや感動ではなく緊張や警戒に包まれたものなの？

この結婚はある意味、契約。契約書を交わすべき案件と同じだ。祖父の無念を晴らせるのなら、同居くらいなんでもない。

なぜか鼓動が速まり落ち着かない私は、自分にそう言い聞かせてからフォークを持ち直した。

それからはほとんど会話もなく食事が進んだ。

秋月さんがオーダーしたオッソブーコとは、仔牛のすね肉を煮込んだ料理だった。フォークを差し入れるだけでほぐれるほどトロトロに煮込まれたお肉と、隣に添えられているリゾットまでもがおいしそうで、まじまじと見てしまう。

「食べるか？」

「あっ、いえ」

断ったのに、彼はお肉を私の皿にのせる。

「ありがとうございます。よろしければ私のヒレ肉も」

「俺はいい」

あっさり断られて、後悔した。

私がうらやましそうに見ていたから仕方なく分けてくれただけで、こんな高級店で料理のシェアなんて下品だったかもしれない。

生活水準が違うのにうまく夫婦を演じられるのか不安しかない。

「近いうちに父に結婚の挨拶をしてもらいたい」

「わかりました。お母さまは？」

「母は物心つく前に亡くなっているんだ」

「すみません、知りませんでした」

余計なことを聞いてしまったとすぐさま謝罪したものの、彼は首を横に振っている。

「謝る必要はない。里沙だってご両親を亡くしているじゃないか」

そう言われて、胸が苦しくなった。

突然両親を亡くして、悲しみと苦しみと絶望と……そしてひとりになってしまった恐怖が一度に押し寄せたあの頃は、息をすることすらつらかった。祖父が抱きしめてくれなければ、私は壊れていたに違いない。

「すまない。思い出させたか？」

「総司さんは平気なんで……いえ、なんでもありません」

お父さまは健在とはいえ、母親を亡くすというのはその後の人生に影響するものではないだろうか。亡くなったのが物心つく前であれば、おそらくお母さまとの思い出も記憶にないだろう。周囲の子たちには愛情を傾けてくれる母親がいて、自分にはその存在がいないと気づいたときは寂しかったに違いない。

それなのに、仕事中と同じように顔色ひとつ変えない彼の感情が読めない。

「亡くなったのは残念だが、それが現実だ。それ以上でもそれ以下でもない」

そう言いきるのに驚き、こういうところが冷たく感じるのだと思った。

投資の話をして優しい表情で昔を懐かしんでいたときは、新しい一面を垣間見たようでうれしかった。けれども、やはりつかみどころがなくて戸惑うばかりだ。

「父に挨拶を済ませたら、すぐに入籍して挙式の手配をしよう」

「承知しました」

たった数時間で人生が大きく変わっていくのが怖くもあり、新しい局面を迎えたのだという期待もあった。

「これがうちのマンションの住所と鍵」

それから食事を終えるまで、結婚についての話をしていた。本来ならばおめでたいのに事務的で、喜びの感情など一切付帯しないという不思議な時間だった。

完璧な夫の裏の顔

あっさり結婚が決まった翌週。八月最初の木曜日は朝から雨で、ジメジメした不快な天候。気分も沈みがちになるけれど、ようやく祖父の仇討ちができるかもしれないと思うと、自然と気持ちが引き締まった。

もうすぐ夫となる総司さんだが、会社では今までと変わらない態度で私と接してくる。

「藤原、BOE分析の進捗《しんちょく》は?」

声をかけられて彼のデスクの前まで行く。

「すみません、まだできていません」

こうして仕事を任せられたときに、間違った分析をわざと出してじわじわ損害を与えたいとも考えていた。しかし上司が総司さんである限り、そんな小細工はすぐに見破られてしまう。それに、彼とタッグを組んで大規模な都市開発計画を阻止するという目標ができたため、小さな案件を潰す必要もなくなった。

だからごく普通に取り組んでいたものの、初めて任された仕事で自信がなく、何度も調査や計算をやり直している。

「今まで出した数値を見せてみろ」

命じられて、おずおずと書類を差し出す。

「ここまでは悪くない。とにかく広い視野を持て。あと自信な」

おどおどしているのに気づかれたのだろうか。〝自信〟と言われて顔が引きつるのを感じた。

「秋月アーキテクトなんて潰れたって構わない」

「えっ？」

爆弾発言に、背後で響いていたパソコンのキーボードを叩く音がピタリと止んだ。

私がそう思っているのを揶揄《やゆ》しているのだろうか。

「そのくらいの気持ちでやってみろ。こういう仕事は度胸も必要だ」

彼に書類を返され、ようやく緊張が緩んだ。

どうやら思いきれということらしい。ただ潰してやりたいという強い気持ちがある私やほかの部員には、なかなか強烈な発言だった。

自分の席に戻って書類をパラパラめくる。すると二枚目に付箋《ふせん》が貼られているのに気づいた。いつ貼ったのか、総司さんの字だ。

【十八時に地下駐車場】

それを見て再び緊張が走る。彼の父である秋月社長に会いに行くのだ。今晩だということはメッセージで連絡が来ていたのだけれど、社長に来客があるかもしれないと時間が保留になっていた。

私はそのメモをはがして自分の手帳に貼り直した。

十八時少し前にパソコンの電源を落として、地下駐車場に向かう。総司さんは課長の浜野さんとなにか話していた。

車の前で待っていると「里沙」と呼ばれてドキッとする。まだこの呼ばれ方に慣れていないのだ。

「お疲れさまです」

「お疲れ。乗って」

上司と部下の挨拶を交わしたあと促されて助手席に座ると、彼も運転席に乗り込んだ。

「里沙は特になにも言わなくていい」

「はい」

「それと、これ」

おもむろに差し出されたのは、小さな箱だ。これはもしや……。

驚いていると、彼はその箱を開けた。

「あったほうが恰好がつくだろ？」

中には大きなダイヤが輝く婚約指輪が。

「そんな、受け取れません」

互いを利用するための結婚に、こんな豪華な装飾品はそぐわない。

「これから周囲の人間に里沙を妻だと紹介していくつもりだ。そのときにつけてくれ」

そうか。これは私のための婚約指輪ではなく、彼が目的を果たすためのアイテムのひとつなんだ。

「わかりました」

これは割りきった結婚だとわかっているのに、複雑な気持ちになるのはどうしてだろう。

箱ごと受け取ろうとすると、彼のほうが先に指輪を手にした。そして私の左手を取って、薬指に差し入れる。

「……ありがとうございます」

これが本気の婚約だったら、感動で涙が止まらなくなるんだろうな。

そんなことを頭の片隅で考えながら、台座からこぼれ落ちそうなほど大きなダイヤをまじまじと見る。

愛のこもっていないこのリングがいくらするのか聞くのも怖い。でも、凄腕投資家の彼にとっては痛くもかゆくもないはずだ。

こんな立派な指輪をポンと買えるほどの財を築ける不動産投資は、リスクはあっても魅力的なもの。ただ、動く現金が大きすぎてそのうち感覚が麻痺《まひ》してきたり、手に入れたお金に溺《おぼ》れて人格まで変わってしまったりする人もいる。

古ぼけた祖父の家を容赦《ようしゃ》なく取り上げた文則さんは、個人の投資ではないものの、莫大な利益のために人々の生活、そして心を軽んじたのだ。

あのとき私はまだ中学生だったため、祖父が亡くなったあとは施設の先生たちが協議して、代理人を立てて遺産を相続した。

しかし、都市開発の一環で土地の価格が高騰していて相続税が払えず、断腸の思いで秋月アーキテクトに売却せざるを得なかった。

祖父が亡くなる直前、頻繁に反社会的勢力の人たちが来ていた。彼らと対峙《たいじ》していた祖父には大きなストレスがあったはずだ。私はその心労で祖父が病に倒れたと感じているが憶測にすぎず、祖父の死との因果関係が証明できないのも理解している。けれども、土地の売却まで仕組まれていたような感覚に襲われた。

「気に入らない？」

「とんでもない。分不相応だと思って」

わずかにサイズが大きいものの、気に入らないわけがない。ただ、こんなに大きなダイヤに見合う価値が自分にあるとはどうしても思えなかった。

「もし今はそうだとしても、そのダイヤに見合った女になればいい」

「見合った？」

「俺がそうしてやる」

自信に満ちた彼の言葉に、なにがなんでもついていき祖父の無念を晴らすと覚悟が決まった。

「頑張ります」

「ああ。行くぞ」

たった今、婚約指輪を贈った人とは思えない無表情の彼は、ギアをドライブに入れた。

秋月家はとある高級住宅街の一角にあり、途轍《とてつ》もなく立派だった。不動産のプロなのだから当然なのだろうけど、この近辺は最近資産価値が高騰していて、投資家たちがこぞって狙う場所のひとつでもある。

個人の邸宅とは思えない、どこかノスタルジックな白い壁の洋館は、大きな家が立ち並ぶこの界隈《かいわい》でもひときわ目を引く。

ガレージに車を停めた総司さんは、私を目で促して広い庭に足を踏み入れた。

ようやく雨は上がったものの湿度が高くてうまく息が吸えない。かすかに吹く生ぬるい風が不快で、思わず顔をしかめる。

玄関が近づくにつれ、これから復讐劇が始まるのだという緊張で心臓が暴走し始めたが、総司さんの足は止まらなかった。

こんなとき、本当の婚約者なら少し待ってほしいとお願いしたかもしれない。しかし私にとってこれは仕事と同じ。緊張しようが怖気《おじけ》づこうが成功させせなければならない。

こっそり大きく息を吸って気持ちを落ち着けようとすると、前を歩く総司さんの歩みがようやく止まった。

振り返った彼は、数歩うしろにいた私のもとに近寄り、大きく、そして無骨な手でなぜか私の頬を包み込む。

な、なに？

突然の近い距離に、ますます心臓が大きく打ちだした。

「大丈夫だ。里沙ならやれる。信念を貫けばいい。俺を踏み台にしろ」

総司さんはまるで洗脳するかのように言う。

彼の瞳に自分が映っているのが不思議。

長年憎み続けてきた秋月アーキテクトの後継者候補との結婚に、ずっとやきもきしている。祖父の無念を晴らしたいと思う一方で、私が選択した道は本当に正しいのかまったく自信がなくて、戸惑いが消えてくれない。

どうやらそれも、彼にはお見通しだったようだ。

「はい」

総司さんの言葉に気持ちがすとんと落ち着いた。

満足したようにうなずく彼は、再び足を進めた。

中年の家政婦に案内されたのは、ダマスク柄のアンティークソファが鎮座する素敵な部屋だった。

コーヒーを出してくれた家政婦に会釈をすると、隣の総司さんが口を開く。

「彼女は砂糖もミルクもお願い。苦いのが苦手なんだ」

「そうでしたか。かしこまりました」

目尻のしわを深くして微笑む彼女は、総司さんがブラックコーヒーを好むことも知っているようだ。私の前だけに砂糖とミルクを置く。

それにしても、仲のよさをアピールするようなこの発言も演技のうちなのだろうか。

私がコーヒーにミルクを入れ終わった頃、秋月社長が入ってきた。慌てて立ち上がり、頭を下げる。

この人が祖父を追いつめたひとりなのだと思うと、ふつふつと怒りが湧いてくる。

しかし、今それをぶつけても鼻で笑われて終わりだ。

「お時間を作っていただきありがとうございます」

同じように立った総司さんが他人行儀な挨拶をする。

親子といえど、会社では社長と社員という立場だからこうなるのだろうか。

なんとなく違和感があるのは、私だけ？　彼は社長を憎む理由を詳しく教えてくれないけれど、それと関係がある？

「婚約をしましたのでご報告を。藤原里沙さんです」

「藤原と申します」

総司さんの紹介に合わせて改めて腰を折ったが、なんの反応もない。

不安を覚えつつ頭を上げていくと、社長は小さくうなずいただけで腰を下ろした。

「座りなさい」

「はい」

「商業ビル開発部の案件、白紙撤回を要求したようだな」

結婚について触れると思いきや、社長の口から飛び出したのは仕事の話だ。

「はい。我が部で精査しましたところ、多くの利益が望めない、もしくは赤字化するとの予想です。いちから計画を練り直すよう伝えました」

「商業ビル開発部の部長から、お前に権限を与えすぎではないかと苦情が出ている」

それは小耳に挟んでいる。というか、企画を否定された部の人たちは、大体似たようなことを訴えるものだ。

「秋月アーキテクトが倒産の危機に陥ってもよろしいのでしたら、好きになさってください」

自分への苦言と知りながらも涼しい顔でコーヒーを喉に送る総司さんの肝の据わり方に感心する。

仕事であっても、悪態をつかれたら普通は嫌な気持ちになるものなのに。もしかして、内心傷ついているのに平気な振りをしているだけ？

「それは困る。総司の手腕は頼りにしてる」

「ありがとうございます」

ふと視線を総司さんに向けると、彼が一瞬眉をひそめたのを見てしまった。頼りにされているのに、この反応。なにか引っかかる。

「藤原さん、でしたか」

「はい」

眼中になさそうだった社長に急に話を振られて焦ったけれど、口角を上げて返事をした。

「総司の足を引っ張らないように」

それが初めて会った息子の婚約者に向けるセリフなの？　歓迎されていないからだろうか。

衝撃で頭が真っ白になり言葉を失っていると、総司さんが代わりに口を開いた。

「それはさすがに失礼です」

「当然のことを言ったまでだ。それでは」

社長は湯気が立ち上るコーヒーに口をつけることすらなく部屋を出ていってしまっ

た。

「すまない」

総司さんが眉をひそめて謝ってくれるが、彼が悪いわけじゃない。

「大丈夫です。少し驚きましたけど、親切にされてもきっと心に響きませんから」

にこにこ握手を求められるほうが困ったに違いない。逆に、やはり心の冷たい人なのだと確認できて、この先まっすぐに復讐への道を進めそうだ。

「そう」

「はい。このコーヒー、とってもおいしいですね」

私は重くなった空気を払拭するためにコーヒーを口に含んで言った。

「それだけ砂糖を入れておいてよく言う」

ようやく総司さんの頬が緩んだので胸を撫で下ろす。

今の会話を聞いて、社長と総司さんの間には壁があるように感じられた。なんの訳があるのか知らないけれど、総司さんが気の毒に思えてしまう。

冷酷な上司という存在だけだったはずなのにどうしてだろう。お母さまを亡くしたのを聞いたから？

少なくとも、父や母を亡くした私は祖父の深い愛情に救われた。しかし、もし社長が昔からこんな対応だったとしたら、幼い総司さんは苦しかったに違いないと、自分に置き換えて考えてしまったのかもしれない。

「帰るか。食事に行こう」

そのまま家に送られると思いきや、ディナーのお誘い。社長の苦々しい対応を気にしているのだろうか。ただ、今後同じ屋根の下で暮らすのだから、もう少し親交を深めておいたほうがいい。

「お腹すきましたね。でも今日は、メニューを見たらなんの料理かわかるところにしてください」

「オッソブーコは覚えただろ?」

彼はふっと笑った。

ふたりで会話を交わすようになってから、彼は意外にも笑顔を見せる。仕事中の姿から、絶対に笑わないサイボーグだと思っていたので新鮮で、少し安心した。

翌日の金曜は仕事がいつも以上に忙しく、総司さんも会議の嵐。

書類の打ち込みとBOE分析の算出に明け暮れていると、あっという間に定時の十七時半を過ぎていた。

「もう少しやるか」

浜野さんに頼まれた書類の作成をやってしまおうと考えながら、飲み物を買いに自動販売機のある休憩室に向かった。

すると、話し声が聞こえてきて足が止まる。

「結婚するんだって？　おめでとう。びっくりだよ。そういうものに興味がないんだと思ってた」

弾んだ声でテンション高めに話しているのは誰だろう。

「ありがとうございます」

この声は総司さんだ。私は自販機の陰に隠れて耳をそばだてた。

「それにしても、内木《うちき》部長怒ってたな。あまり社内をかき回すな。反発因子が増えると面倒だ」

総司さんは、声のトーンが落ちたもうひとりから釘を刺されている。

内木さんというのは、商業ビル開発部の部長だ。例の案件にGOサインを出さなかったからに違いない。

「反発されるのは私なので、兄さんは安泰では？」

会話の相手は兄の文則さんのようだ。

一気に緊張が高まり、息を呑む。

「安泰？　どうして？」

「内木部長に同情の声でもかけるつもりですよね」

「なんだ。俺に裏表があるみたいな言い方だな」

つまり、総司さんを悪者にして自分は内木部長の肩を持つつもりということか。

「とんでもない。兄さんのことは尊敬しています。私はそんな器用には生きられませんので」

総司さんは柔らかな口調で言うけれど、これはどう聞いても嫌みだ。

いつもこんなふうに口論してるのだろうか。『兄のやり方が気に入らない』と話していた総司さんは、文則さんの腹黒いところが苦手なのではないかと感じた。

「不器用は不器用なままでいいんじゃない？　お前は永遠に日なたに出ることはないだろうし。俺の縁の下の力持ちになってくれれば十分だ」

嫌みに腹を立てたのだろう。文則さんのあまりにひどい言葉の端々に怒りが垣間見えた。

その直後、休憩室から文則さんが出ていく。続いて総司さんの姿も見えた。彼も出ていくと思いきや、こちらに近づいてくるので息を止める。こんなことをしても無駄だとわかっていても、つい。

「大きいネズミが一匹」

自動販売機にお金を入れて飲みものを買った彼がつぶやく。完全に気づかれている。

「すみません。盗み聞きするつもりはなかったんですけど」

「別に構わない。大した話はしてないし」

彼はそう言いながら買ったばかりの冷たい缶を私に差し出した。

「間違えた。こんな甘いのは飲めない」

持っていたのはカフェオレだ。彼は戸惑う私になかば無理やり押しつけると、今度はブラックを購入した。

間違えようがない位置に並んでいるのを見て、私のために買ってくれたのだとわかる。

「ありがとうございます。いただきます」

「だから、間違えたんだ」

素直になればいいのに。

壁にもたれてコーヒーを飲み始めた彼は、私をチラリと視界に入れた。

「俺が結婚することはもう広まっている。ただし、相手が里沙だとは知られていない」

社長にも、私がどこの何者なのかすら尋ねられなかったのだから当然だ。

「余計な勘ぐりが入る前に籍を入れて同居を始めるぞ。明日、役所に行ってくるから婚姻届に署名してくれ。一応大安だ」

いい日を調べてくれたの？

ただの契約なのにと驚いたものの、しっかりとした下調べは欠かさない彼らしいなと思い、笑いが漏れる。

「なんだ？」

「総司さんらしいなと思って。私も一緒に行っていいですか？」

「構わないが」

「提出するところを見届けないと、結婚するというスイッチが入りません」

恋をして好きな人に嫁ぐのとは違うのだから、気持ちの切り替えがうまくつきそうにないのだ。

「わかった。明日十時に迎えに行く。もう同居も始めたほうがいい。引っ越しは改めてするから、当面暮らせる荷物も持ってこい」

「はい」

いよいよ夫婦としての一歩が始まるんだ。

私は人生の新たなステージに立つという緊張でいっぱいだった。

婚姻届の提出はあっさり終わって拍子抜けだ。

これを機に総司さんの妻となるのが不思議だったり信じられなかったり。婚姻届の提出を見届ければ少しは心が定まるのではと考えていたものの、なにも変わらなかった。

キャリーバッグに詰めるだけ詰めてきた私物を持ち、いよいよ彼のマンションへ。一等地にそびえ立つタワーマンションの四十六階という、最高のロケーション。さすがは敏腕投資家と唸《うな》るような物件だった。

このあたりの土地やマンションについても調べたことがあるけれど、かなり高騰していて、空き物件が出ればすぐに売れるような場所だ。しかも純粋に住みたい人が買うというよりは、価値の上昇を期待する投資家たちがこぞって狙っている。

「すごい……」

案内されて南向きのリビングに足を踏み入れた瞬間、感嘆のため息が漏れた。

アイボリーのソファを中心に全体的に柔らかい色の家具で統一されているリビングは、とんでもなく広く、ホッとできるような空間だ。

さらには燦燦《さんさん》と太陽の光が降り注ぐ大きな窓。薄いブルーの空を切り裂くように飛び立っていく飛行機が見える。

まるで芸術作品のような完璧な景色を前に、それ以降は言葉が出てこなくなった。

「気に入った？」

「はい。想像をはるかに超えていたというか……」

「疲れただろ。適当に座って。コーヒー……里沙は紅茶のほうがいいか」

窓に張りついて景色を堪能していると、気を使われてしまった。

「私がやります」

上司に飲み物を準備してもらうなんてと一瞬考えたが、もう夫なのか。

キッチンに立つ総司さんが新鮮で隣に行った。

「同じ部屋で暮らすといっても、互いに遠慮なしにしよう。食事は各々《おのおの》食べればいいし、掃除はハウスキーパーが来るからしなくていい。あとで部屋に案内するけど、入られたくなかったら鍵をしておいて」

彼はティーポットを準備しながら言う。

「よければ食事は作ってもいいですか？　へとへとのときはできませんけど、料理は結構好きなんです。料理に没頭していると、仕事のもやもやも吹き飛ぶから」

今までもほぼ自炊。レストランにひとりで行くのは苦手だし、いつも弁当では飽きる。自分の分は作るのだから、量を増やすだけでいい。

「もやもや？」

「あっ……なんでもないです」

上司に向かって余計な発言をしたかもしれない。しかし、彼が特に不快な様子を見せないのでホッとした。

紅茶の茶葉は三種類用意されていて、「どれにする？」と選ばせてくれる。

「イングリッシュブレックファーストで」

「了解。お湯沸かして」

「はい」

オレンジ色のケトルに水を入れ始める。冷酷な印象がちらつく彼が、こんなかわいらしい色のケトルを持っているとは意外だった。部屋の雰囲気もそうだけれど、どちらかというとブラックやオフホワイトといったシャープな色の家具を好むイメージだったのだ。

「食事は作ってもらえるならありがたい。普段は食生活がめちゃくちゃだから」

どうやら迷惑がられているわけではないらしい。

「それじゃあそうします。総司さん、料理するんですか？」

ピカピカのキッチンには、たくさんの食器と調理用具が並んでいる。もしや料理上手なのではないかと感じて尋ねた。

「多少は。でも食材からこだわって時間をかけて作るから普段には向かない」

「すごい。食べてみたいな」

軽率な言葉を漏らしてしまい、しまったと後悔した。私が料理をすると申し出たのは自分が自炊するからであって、食べてみたいなんて負担をかけるような発言はよくない。

「今度作るよ。それで、今のもやもやは？」

「あ……」

そこは忘れてほしかったのに。

ティーポットに手慣れた様子で茶葉を入れた彼は、〝吐け〟とでも言いたげな強い視線を私に送って無言の圧力をかけてくる。仕事中と同じだ。こうしてにらまれると硬直して観念するしかなくなる。

「……うぬぼれたことを言いますと、不動産投資についてはかなり勉強してきたつもりです。それなのに、いざBOE分析を任せられると思うように進まなくて。自分の能力のなさに打ちひしがれているといいますか……」
休日はセミナーに勉強にと時間を費やしてきた。だからそれなりに自信があったのに、いざ仕事として責任を負わされると怖気づいてしまうのだ。
「そんなことかって」
皆が言うように、天才には凡人の悩みなんて理解できないのかもしれない。真剣に
悩んでいるのに軽く返されて反発する。
「言っておくが、できないと思った人間にBOE分析を振ったりしない。会議での里
沙の意見は的確だし、正直経験が浅いだけで浜野さんより目の付け所がいいと思って
いるくらいだ」
「嘘……」
浜野さんは我が部の中でも大きな戦力なのに。デスクの散らかりぶりさえ除けば。
総司さんの言葉がうれしくて、でも持ち上げているだけかもしれないとか、ちょっ
とした冗談なんじゃないかとか考えていると、腰を折った彼に至近距離で見つめられ
て心臓が跳ねる。
まつ毛が長い……なんて余計なことを考えるのは、鼓動の高鳴りをなんとかして落

ち着けたいからだ。

「俺の目、濁ってるか？」

「目？　……いえ。あの、ちょっと離れていただけると」

あとずさろうにも、うしろはシンクでどうにもならない。

「視線をそらすな」

「え……」

ちっともどいてくれないので視線を外すと、すぐに指摘されて合わせないわけにはいかなくなる。

なんなの、これ？

「俺は自分の見たものしか信じない。くだらない情けをかけるのも嫌いだ。里沙の仕事を目の前で見てきた俺が、できると踏んでいる。お前に足りないのは自信だけ。堂々と間違った資料を提出するくらい図太くなれ。間違っていれば、俺がコテンパンに叩きのめしてやる」

コテンパンはごめんだけれど、最後の砦と言われる不動産投資企画部の、まさに最終兵器が彼だと忘れていた。私が間違えても最終的な判断を下してもらえるのだから、思いきればいいのかもしれない。

「あの……」

強い視線は注がれたままで直立不動。そろそろ息が苦しいので解放してほしい。

「里沙って、まつ毛長いんだな」

「えっ？」

いきなり関係ないことを口走った彼は、ようやく離れてくれた。

まつ毛って……私と同じことを考えていたの？

自分も見ていたとはいえ、そんな細部まで観察されたのだと思うと面映ゆくてたまらない。

「沸いた」

私はドキドキしているのに、彼はなんでもない顔をしてコンロを止めた。そしてティーポットにお湯を注ぎながら再び口を開く。

「それに、間違いをして秋月アーキテクトが傾いたほうが、里沙にとっては都合がいいんじゃないか？　そもそもそのつもりで入社したんじゃ」

その通りだ。わざと大きな失敗をして会社を窮地に追いやりたいと願っていたはずなのに、失敗が怖いなんて矛盾している。

投資を学ぶうちに、失敗したくないというプライドのようなものを持ってしまったのだろうか。でも祖父の無念を晴らすためには、邪魔でしかない。

そんなことを考えていると、とある気持ちに勘づいた。

……そうか。総司さんに〝できない人間〟というレッテルを貼られるのが怖いんだ。

彼は憎き存在だったはずなのに、完璧なまでの仕事ぶりを見て、いつしか尊敬の念が芽生えてしまった。足元にも及ばないとはいえ、不動産投資を学ぶ者として、目標とする人になっていた。そんな彼に、自分の情けない姿を見られたくないのだ。

彼が注いだお湯の中で茶葉が踊りだす。その様子をボーッと眺めながら、私はなにをしたいんだろうと改めて考える。

「里沙が考えていた復讐の方法を教えてくれないか？」

総司さんは少し首を傾げて問う。

彼は私に詳細な手の内を明かした。あれが本気なのかどうかはまだわからないけれど、少なくともこんないびつな結婚までしたのだから、まったくの嘘というわけでもなさそうだ。それなら私も話しておくべきか。

「正直、総司さんのように力もお金も持っていませんから、ただの願望だと言われるかもしれませんが」

「ああ」

相槌を打つ彼は真剣に耳を傾けてくれる。

「ひとつはその通りです。わざと企画を失敗するように仕向けて会社に損害を出させるつもりでした。でも、不動産投資企画部の存在が厄介《やっかい》で」

「なるほど。里沙がためらうほどうちの部はストッパーの役目を果たせているということか」

「私のためらいなんて気になるんですか？」

「まったく」

表情筋ひとつ動かさず即答されて、目が点になる。

「ただ、里沙の意見は各部署の意見と同じだろうなと思って」

ティーポットからカップに紅茶を注ぐ彼は、涼しい顔で言った。

それは間違いない。少しでも甘い企画はことごとく潰されるのだから、慎重になっているはずだ。

「そうですね。私は自分がその部に配属されるとは想定外で戸惑いました。でも、チャンスだとも思いました」

「チャンス？」

「はい。私みたいな新人が任せられる企画なんて小さいものです。でも不動産投資企画部なら大規模な都市開発に携われる。そうしたプロジェクトを潰してやろうと意気込んだのですが、雑用しか任せられない身分ではそれも難しくて」

結局、なにもできていないのが現実だ。

「ほかには？」

「都市開発事業部の人に近づいて、あの都市開発の裏側を探って明るみに出そうと思っていました。当時、祖父の周りには強面の人たちがうろついていて、庭を荒らされたこともあります。間違いなく反社の人がかかわっていましたから」

「なるほど。これだけ世の中でコンプラの遵守《じゅんしゅ》が叫ばれているのだから、会社にとって相当痛手になるな」

自分の会社なのに、しかも社長のイスを狙っているのに、彼はまるで他人事《ひとごと》のように話す。

「はい。何人かに接触して探りを入れましたが、あの頃を知る人はすでに退職していたり、残っている人も詳しくは知らないようで」

汚い手を使っていることは、文則さんの側近などごく一部の人しか知らなかったのかもしれない。もしくは、硬く口止めされているか。

いずれにせよ、私のような素人が少し調査したくらいでは証拠や証言が出てきそうになかった。

「あとは、不動産投資のノウハウを盗んで成功して、得たお金で祖父の土地を買い戻せたらって……」

都市計画の一環として今はレストランが建っているため、投資で利益を上げて資金を調達できたとしても、きっと買い取るのは難しい。

「ごめんなさい。バカで、私……」

できるわけがないと笑われる前に自分の愚かさを認めた。

本当は最初からわかっていたのだ。秋月アーキテクトのような大きな会社を相手に盾ついたところで、爪痕《つめあと》すら残せないことも、思い出の土地を買い戻すのが無理なことも。そもそも家屋はとっくに取り壊されているのだから、ただの私のこだわりと意地だけだ。

「どうして謝る。その無謀な賭けをしたいと思うほど怒りが大きかったんだろ？」

超現実主義者のような彼のことだから、鼻で笑っておしまいだろうと身構えていたのに、意外すぎるセリフ。

驚いて彼を見つめると、小さなため息をついた。

「そもそも不動産開発は……いや、なんでもない。――とにかく、里沙が思うような復讐とはいかないかもしれないが、最低でも兄は引きずり下ろす。裏で手を引いていた父も然りだ」

社長になりたいというより、文則さんや社長を潰したい気持ちが強いように感じられて少し不思議だ。前にも『社長就任は、彼らを跪かせるための手段に過ぎない』と話していたし。

「社長やお兄さまと確執があるんですか？」

社長は結婚の報告のときの態度がひどく冷酷だったし、文則さんも総司さんを踏み台にする気が垣間見えた。

兄弟はともかく、親は子を愛し、守ろうとするものではないだろうかとずっと違和感がある。そうでない家庭があるのは承知しているけれど、少なくとも同じ会社で働いているのだから、総司さんを毛嫌いしているわけでもないはずだ。

カップを私に差し出した彼は、質問に答えようとしない。『どうして家族が憎いんですか？』と尋ねて拒絶されたときと同じように、私には関係ないと思っているのだろう。

これ以上踏み込むべきではないと感じて、話を変えることにした。

「お砂糖ありますか？」

「買っておいた。あっ、ミルクティーがよかったか？」

夫婦になったとはいえ、ただの契約の相手でしかない私のためにそろえておいてくれたのが意外だ。

「いえ、ストレートも好きです。総司さんはなにがお好きですか？」

私にシュガーポットを渡してから、自分のカップを持ってソファに行く彼についていきながら問う。

「ブラックコーヒー、ストレートティー、日本茶、あとはブランデー」

「ブランデー……」

飲んでいる姿を想像すると、おしゃれなバーまで浮かんでくる。

「里沙は甘い酒ばかりだな」

部署で何度か飲みに行ったとき、カクテルやチューハイばかりだったからだろう。

「はい。苦いのは無理なんです」

我ながら子供舌だと思う。

「別にいいだろ。無理して飲む必要はない」

ソファに並んで座り、木製のシュガーポットのふたを開けると、ブラウンシュガーが入っている。

「砂糖までおしゃれ」

「デメララだ」

「デメララ？」

　この砂糖の名前？　聞いたこともない。

「ミネラルを多く含んでいる。風味が苦手だったら、グラニュー糖もあるけど」

「いえ、いただきます」

　この世にはまだ知らないものだらけなんだな。

「コクが増すかも、おいしい」

　デメララは甘さは控えめだけど、濃厚で深みがある。

「気に入ってよかった。すぐそこに輸入食品を扱う店がある。珍しいものが置いてあるから覗いてみるといい」

「そうします」

　普通の新婚夫婦なら、一緒に行ってみようとなるはずだ。しかし、もちろんそんな提案はなく、私も望んではいない。

　自分がこんな割りきった結婚生活を送るとは露《つゆ》ほども思わなかったけれど、ただ不快ではなさそうで安心した。

紅茶を楽しんだあとは、十畳ほどの広さの部屋に案内された。

天然木を使用したナチュラルな北欧風のベッドには、清潔感漂う真っ白なシーツ。片隅には観葉植物まで置かれていて、総司さんのセンスの高さを感じさせた。

「なにもかも完璧な人」

思わずそう漏らしてしまうほどパーフェクトな人。ただ、隙を見せない生活が窮屈ではないのかなと心配になる。

ほどよい硬さのベッドにダイブすると、ギシッとスプリングが軋《きし》む音がした。

大の字になって天井を見上げる。

「奥さんか……」

天国の祖父や両親は、今の私を見てどう思っているだろうか。

「ごめんね」

なんとなく謝りたくなる。

秋月アーキテクトに傷ひとつつけられていないばかりか、報復のためとはいえその御曹司と愛のない結婚。自分でも予想すらしなかった道を歩いているからだ。

そんなことを考えていると、なぜか瞳が潤んできて目尻から涙がこぼれていく。

「寂しいよ」

両親を一度に事故で亡くし、祖父まで突然死してしまった。いつも大切な人があっさりいなくなる。

父の生命保険や、祖父の家を売却したお金で困らずに生きてこられたのは幸いだったが、やっぱり家族がいないのは寂しい。

あれこれ考えているうちにまぶたが重くなってきて、そのまま意識を手放した。


「あれっ？」

ふと目覚めると、あたりは暗くなっている。枕元にあったスマホを見ると、二十一時を回っていた。

「しまった」

片づけもせずに寝てしまったんだ。

慌てて跳ね起きて部屋を出ると、廊下の先のリビングから光が漏れている。しかもいい香りが漂ってきた。

ドアを開けると、テーブルに料理人が作ったと言われても納得しそうな美しいオムライスと、サラダが置いてある。

「こんなきれいに巻けるんだ」

ぷるぷるの子供の肌のようにしわひとつないたまごの表面には、トマトソースがかかっていた。

「起きた?」

オムライスに目が釘付けになっていると、肩からタオルをかけたパジャマ姿の総司さんが入ってきて、なんとなく目のやり場に困る。

お風呂に入っていたようで、まだ髪が濡れていた。

「すみません。作ると言ったくせして」

「気にしなくていい。いきなり結婚が決まって気苦労が絶えなかっただろう? 疲れてるんだ。腹が減って先に食べさせてもらった。買い物に行くのが面倒だったからこんなものしかないけど」

「うれしいです。ありがとうございます」

お礼を言いながら、目頭が熱くなるのを感じた。

どうしたんだろう。さっき、祖父や両親のことを考えていたからかな。ずっとひとりで平気だったのに、隣に誰かがいてくれるのがこんなに心躍るものなんて。

「里沙?」

「ごめんなさい。いただきます。温めますね」

笑顔を作ったあと彼に背を向けて皿に手を伸ばしたが、手首を握られてしまった。

「こっち向いて」

「どうして、ですか？」

「いいから」

泣き顔なんて見られたくないのに。そっとしておいてよ。

「里沙」

頑なに振り向かないでいると、強い口調で名を呼ばれ、顔を覗き込まれてしまった。

「なんで泣いてる？」

「目にゴミが」

「そんな嘘に引っかかると思ってるのか」

思ってない。我が上司は、そんなにバカじゃない。でも、どう説明したらいいの？

「なんでもありません」

「里沙」

今度は柔らかな声色で私を呼んだ彼は、肩をつかんで少し強引に向き合わせる。そしてなぜか抱きしめてくるので、息が止まりそうになった。

慰めてくれているの？

冷酷だと思っていた総司さんの意外すぎる行動に驚き、でもうれしくて、体を預けてしまった。タッグを組んだとはいえ、秋月家の人間である彼に寄りかかってはいけないと心の中で自分を律しようとしたけれど、無理だった。

総司さんは、背中に回した手にいっそう力を込めてくる。

こんなふうに誰かに慰められたのはいつ以来だろう。

私が泣くたびに祖父が抱きしめてくれたことを思い出し、余計に涙が流れてくる。

しかし彼の腕の中が温かくて、不思議なことに苦しくはなかった。

気持ちが落ち着いたので離れると、彼はハッとした顔をする。

「……すまない。本当の夫婦じゃないのに。言いたくないことは言わなくていい」

総司さんは、どこかあきらめたようにそう口にした。

彼は心配してくれたのに、『なんでもありません』と突き放すような言い方をして傷つけた？

でも、彼の言う通り、私たちは本当の夫婦ではない。彼が社長や文則さんを憎む訳を詳しく語らないように、私にも明かしたくない胸の内があるのだ。

私たちの間には深い溝がある。

「俺は自分の部屋に行ってる。食べたら風呂に入って。なにかあれば声をかけてくれ」

「はい、おやすみなさい」

彼がリビングから出ていった瞬間、ため息が漏れた。

結婚したのに、こうして慰めてくれる彼がいてくれてうれしいのに……距離の取り方がよくわからない。

総司さんお手製のオムライスは、見た目だけでなく味も最高。ケチャップがかけられているだけかと思ったら、手を加えて作ったトマトソースだった。

「こんな料理上手に、料理作りますはないよね……」

まさかの展開に頭を抱える。でも、嫌そうではなかったのが幸いだ。

おいしいものを食べてお腹が満たされたからか、完全に気持ちが落ち着いた。

ずっと泣かなかったのに、最近になって涙がこぼれるのはどうしてだろう。ひとりで抱えていた恨みや怒りを初めて明かして、一緒に闘う相手ができたからだろうか。

「あ……」

食器を片づけてお風呂に行こうとすると、ソファにパンフレットが散らばっているのに気づいた。

大量にあるそれは結婚式場に関するものだった。

いよいよ始まるんだ。

結婚して私たちの復讐は口火を切った。次は結婚式に総司さんの投資家仲間を招待して、都市開発が進んでいる周辺地域の物件を買い漁ってもらわなければならない。夫婦となったふたりのお披露目が目的ではない結婚式なんて、ほかにあるのだろうか。

これが愛しあった人との結婚式であれば、一緒にあれこれ相談して下見に行って、ドレスを試着して……きっと面倒な過程ですら楽しいんだろうな。

そう思いながら、しばらくパンフレットをめくり続けた。

翌朝は八時に起床した。今度こそ料理を振る舞おうと思ったのだ。

昨晩、両開きの大きな冷蔵庫の中はチェック済み。彼は買い物に行くのが面倒だと話していたけれど、ひとり暮らしの男性の冷蔵庫とは思えないほど充実している。

昨晩のオムライスがあまりにおいしかったので腰が引けるけれど、とにかく心を込めて作ろう。

今朝は和食。冷凍庫に鶏《とり》のひき肉があったのでそぼろご飯にして、ほかにはニンジンのきんぴらと炒り豆腐を作った。あとは、玉ねぎの味噌《みそ》汁。

テーブルに料理を並べだすと、まだパジャマ姿の総司さんが顔を出した。

「おはようございます」

「おはよう」

彼は近づいてきて、無言で料理をじっと見ている。

しまった。なにも聞かなかったけれど、朝はパンじゃないと嫌だとか、あまり食べないとかあるのだろうか。

手に汗握りながら硬直して立っていると、彼は早速席に着いた。

私も対面に座ると、「いただきます」と手を合わせた彼は、まず味噌汁を口にする。

口に合うだろうか。

私はその様子を緊張しながら見ていた。

『うまいよ』のひと言を期待していたのだけれど、彼は黙々と食べ進むだけで視線も合わせてくれない。昨晩、泣いていた私を心配してくれたのが嘘みたいだ。

ただの同居人のうえ、自分から料理を振る舞いたいと言いだしたのだから、これが正解だ。

そう考えた私も、そぼろご飯を食べ始めた。

「里沙、今日時間ある？」

「はい。特に用はありません」

「岩波さんに結婚を報告したら、奥さんを連れてこいと言うんだけど」

岩波さんって、プレジールのＣＥＯだ。そんなすごい人に呼ばれるなんて緊張する。

でも、よく考えたら大企業の跡継ぎ候補と結婚したことのほうがすごいのかも。

「大丈夫でしょうか、私」

心の声を漏らすと、彼は首を傾げて不思議そうにしている。

「大丈夫ってなにが？」

「総司さんもそうですけど、なんだか皆、雲の上の人ばかりで」

社長だって、本当なら一介の平社員が会話を交わせる存在ではない。

「雲の上って……投資家のパーティに行くとそんな人ばかりじゃないか。怖気づいていたらなにもできない。若い投資家は自分からグイグイ輪に入っていって、かわいがってもらえるようにならないと成功はない」

セミナーには何度か行ったが、パーティは未経験。そうしたものがあるのは知っているし、数回セミナーで誘われた。しかし、どう振る舞っていいのかわからない私にはハードルが高くて不参加ばかりだ。

こういうところが、甘いんだろうな。

「そうですよね……」

「心配するな。岩波さんは、三十六歳だったかな。俺の兄貴分のような人で、面倒見がいいんだ。奥さんの菜々子《ななこ》さんが身重で、よかったら家にどうぞと招待された。奥さんの話を聞いていると、里沙と気が合いそうだけど」

「気が合う？」

どうしてそう感じたのだろう。

「菜々子さんはプレジール本部の社員だけど、真面目にコツコツタイプなんだ。里沙に似てる」

私、そんな評価をしてもらえているの？

信じられなくて、ポカンと彼を見つめる。

「どうかした？」

「私、真面目にコツコツなんですか？」

「そうだろ。自分とは関係ない案件の資料を全部チェックして、勉強してるだろ？」

誰にも気づかれていないと思っていたのに、彼が知っていたとはびっくりだ。

たしかに浜野さんをはじめとした先輩たちの計算やプレゼン資料にはすべて目を通す。そもそもノウハウを盗むつもりで入社したのだし。

「うちの部でそこまで真面目な人間はほかにいない。だから俺は、お前は大成すると思っているし、しっかり育てないと、とプレッシャーでもある」

「は？」

彼ほどの凄腕が、プレッシャー？

「だから、育てよ。岩波さんもいろいろ教えてくれるはずだ。顔見知りになっておいて損はない」

彼が珍しく優しい笑みを見せるので、ドキッとしてしまう。

「はい。よろしくお願いします」

総司さんがそんなつもりで私と接しているとは知らなかった。しかも、秋月アーキテクトへの恨みを募らせているのを知っていて、サポートしてくれるとは。

私が会社にとって不利益な行動をする可能性があるのに、本当にいいのだろうか。

でも、そんな人間だと承知して結婚したのだから問題ないのかな。やっぱり腹の中が読めない人だ。

「ただ、仲睦《なかむつ》まじい夫婦を装うのは忘れるな」

「はい」

最後に厳しい言葉を投げつけられて、緩んだ気持ちが一気に引き締まった。

十一時過ぎに総司さんと一緒にマンションを出た。

なにを着ていけばいいのか迷って、紺のシフォンワンピースをチョイスした。総司さんも白いTシャツの上に紺のジャケットを羽織っていて、そろえたようで照れくさい。

岩波さんが住むタワーマンションも、なるほど、と唸るような素晴らしい立地にある。

早速部屋まで行くと、お腹がわずかに膨らんだ奥さまが出迎えてくれた。

「ご無沙汰しております」

「お久しぶりです。奥さまですね、初めまして」

総司さんが声をかけると、日の大きな菜々子さんが優しい笑みを浮かべて私にも会釈してくれた。

ここに来るまで緊張で手の震えが止まらなかったけれど、歓迎してもらえているのが伝わってきてホッとした。

「初めまして。藤原……じゃなかった、秋月里沙です」

〝秋月里沙〟になってから自己紹介したのが初めてで、いきなり失敗してしまう。

「新婚ホヤホヤですものね。私もよく間違えたなー。あっ、どうぞ」

まさに新婚ホヤホヤ。でも、菜々子さんが通ってきた幸せの絶頂期ではないのが複雑だ。

手土産には、総司さんがチョイスした『千歳《ちとせ》』という店の和菓子を持ってきた。それを渡すと菜々子さんは大喜びしている。

抜け目のない総司さんのことだ。きっと好きなものをリサーチしてあったはず。そうした会話すらないのが、私たちが仮面夫婦である証拠。

広いリビングに足を踏み入れると、岩波さんがソファから立ち上がって迎えてくれた。

「いらっしゃい」

総司さんに負けず劣らず背の高い彼は、人懐こい笑顔で言った。CEOといっても、イスにふんぞり返っているタイプではなさそうだ。

「お邪魔します。彼女が妻の里沙です」

「は、初めまして。里沙です」

総司さんの紹介に合わせて腰を折ったが、緊張しているからか少し声が震えてしまった。すると菜々子さんが口を開く。

「千歳の和菓子をいただいたの」

「それは、ありがとうございます。菜々子の好物だもんな。でも食べすぎると健診で叱られるんじゃなかった?」

「今日は見なかったことにして」

真剣な表情で手を合わせる菜々子さんがかわいらしい。

ふたりのそんな姿を見ていると、隣に立つ総司さんが私の腰をいきなり抱いた。

「落ち着け」

そして小声でひと言。

その行為に驚いたものの、震えが止まっていく。

「しょうがないな。あ、すまない。座って」

我に返ったという様子の岩波さんは、少しばつの悪そうな顔をしている。けれど、仲がいい夫婦のやり取りが見えてほっこりした。

きっとこれが本当の夫婦なのだろう。

「改めまして、岩波朔也《さくや》です。こっちは妻の菜々子。総司がなにを言ったか知らないけど、緊張しなくていいですから」

私たちにソファを勧め、菜々子さんとともに対面に腰を下ろした岩波さんが気遣ってくれる。

「俺は別になにも。岩波さんにはCEOという肩書がついてるんですから、少しくらい緊張しますよ」

「総司みたいに図々しくなればいいのに」

岩波さんは笑っている。

「大丈夫ですよ。私も最初は主人を雲の上の人だと思ってたんですけど、普通の人ですから」

菜々子さんは隣の岩波さんに視線を送って楽しげに話す。

ふたりが私の緊張をほぐそうとしてくれているのがわかって、うなずいた。

「総司がどんな女性と結婚するのか興味津々だったけど、お似合いだな」

「えっ？」

これは復讐のための偽りの結婚なのに、お似合いと言われても戸惑いが先走る。

「里沙さんは真面目そうだし、目に力がある。それなりの地位があると、寄りかかって生きていきたいというような女が集まってくるものだ。でも、自分の足でしっかり立てる女性じゃないと。総司もだろ？」

「さりげなく惚気《のろけ》てるわけですね」

総司さんが答えると、菜々子さんが恥ずかしそうにはにかんでいる。

私は自分の足で立てているのだろうか。今日まで必死に生きてきたけれど、結局なにもできていない。

それに、総司さんの好みの女性はそうかもしれないが、愛で結ばれたわけではない私がその理想に当てはまるわけではない。

「そんなとこ」

堂々と奥さんへの愛を示せる岩波さんの好感度がぐんと上がった。

「里沙も覚悟がある女性です」

「お前も惚気か？」

「新婚ですから」

総司さんは私に顔を向けて照れもせず言う。しかもその目は優しく、本当に愛されていると勘違いしそうだった。

ふたりの軽快な会話に、ただのかりそめの妻である私は胸が痛んだ。

平気な顔でさらりと嘘をつく総司さんに合わせて照れくさい振りをするのが苦しくてたまらない。

この結婚、正しかったのかな。ひとりでは祖父の無念を晴らせそうになくて総司さんの手を取ってしまったけれど、後悔の念が頭をよぎる。

「挨拶はこのへんにして、あとは食べながら話そうか」

ダイニングのテーブルにはすでにたくさんの料理が並んでいる。牛ヒレ肉のステーキをはじめ、オマール海老にフォアグラのソテーなど、高級レストランのような豪華なメニューを見て、上流階級の食事の贅沢さに目を瞠《みは》る。

鶏そぼろなんて出すんじゃなかった。

「菜々子さん、料理がお上手なんですね」

菜々子さんのパーフェクトさに感心する私は、自分の残念さにあきれながら言った。

「実はデリバリーなの。秋月さんの結婚祝いと称して、私の好物を頼んじゃった」

お茶目に笑ってそう明かす菜々子さんは、素直でかわいらしい人だ。復讐というどす黒い気持ちを抱えて、そのために憎むべき人と結婚までしてしまう私とは違う。

あぁ、どうしたんだろう。ネガティブな気持ちがあとからあとから湧いてきて止まらない。

「もう、菜々子は座ってろ」

岩波さんがスッとイスを引いて菜々子さんを座らせるのを見て、それがどうしてなのか気がついた。菜々子さんの体に負担がかからないように常に気にしている岩波さんの、彼女を労わる気持ちが伝わってくるからだ。

私と総司さんも、この先ふたりのように仲睦まじい夫婦を装わなければならないのだと思ったら動揺したのだ。

けれど、これは自分で選んだ道。入籍も済ませた今、結婚を白紙には戻せない。このままお互いの目的を果たすまで突き進むしかない。

「お好きなものをどうぞ」

岩波さんに勧められて食事を始める。

「里沙、ステーキ取って」

「はい」

手が届かない距離ではないのに、総司さんは私に指示をする。ステーキを皿にのせていると、彼はオマール海老のグリルとラザニアを取り分けてくれた。

「もう阿吽《あうん》の呼吸だな」

目を細める岩波さんにそう言われて、曖昧《あいまい》に笑ってごまかした。阿吽どころか、一緒に食事をした回数も数えるほどしかないのに。

とはいえ、総司さんの演技が自然で、私はただ微笑んでいればいいのは助かる。

そんな私だけがギクシャクした時間はあったものの、岩波夫婦がとても優しくて、しばらくすると緊張が緩んできた。

「あの物件はお薦めだ。里沙さん、初めての投資にどう？」

「一億五千万ですか」

とあるマンションの一階にプレジールの新店舗を出店させるという岩波さんは、そのマンションごと購入しないかと言っているのだ。なんでも現在の大家さんがご年配で、物件を手放して田舎への引っ越しを考えているらしい。

ワンルームマンション一室への投資が一時期盛んだったが、岩波さんや総司さんたちのようなプロは手出ししない。リスクが大きく利益が出にくいからだ。

投資するならマンション一棟買いのほうがいいとわかっていても、初期に必要な資金が跳ね上がるため、腰が引ける。

父の生命保険や、秋月アーキテクトに売却した祖父の家と土地の代金が残っているため、それなりには出せる。でも、銀行から融資を受けなければさすがに無理だ。

「即答できるわけないでしょう？」

総司さんが指摘する。

「そりゃあそうだ。損得を計算して、もし欲しいと思ったら連絡して。値切れるかもしれないし、プレジールが出店するからには資産価値を上げてみせるから」

「俺が欲しいです」

「総司は自分で探せ」

岩波さんは笑いながらフォアグラを口に運んだ。

仕事中はにこりとも笑わず多くを語らない総司さんだが、岩波さんの前ではよく話すし表情も柔らかい。素の彼はこうなのだろうかと、隣の総司さんをまじまじと見てしまった。

「新婚っていいわね。旦那さまをこっそり観察してる里沙さん、かわいい」

菜々子さんがとんでもないことを言いだした。

「いえ、そんな」

こっそり観察だなんて。決してそんな意味はないのに。

「総司は総司で、里沙さんが話しているときはどこか心配そうに見てるもんな」

総司さんが？　全然気がつかなかった。

でも、彼は本気で心配しているだけだと思う。ボロが出ないかという意味で。

「おふたりもそうだったのでは？」

総司さんが否定もせず話を続けるので驚く。

新婚ホヤホヤの夫婦を演じているのだから、当然か。

「どうだったかな？」

「あぁ、すみません。過去形で聞くなんて失礼なことを。今でも仲のよさを見せつけられていますから。俺たちも、岩波さんご夫婦のようになりたいです」

総司さんが私に視線を送り、にっこり微笑むので一瞬たじろいだ。でも、仲のいいところを見せなければと思い、私も口角を上げてから口を開く。

「はい。私も総司さんと同じ気持ちです」

自分でも笑顔が引きつっているのがわかる。大根役者も甚《はなは》だしい。

「総司、指輪贈ってないの？」

岩波さんに指摘されてハッとした。こういうときにこそつけてくるべきだったのに、忘れてしまった。

使えないやつだと思われていないだろうかと心配になり、チラッと総司さんに視線を送ると、彼はクスッと笑う。

めったに声をあげて笑わない人が笑っているのが、かえって怖い。

「婚約指輪は贈りましたけど、なかなかつけてくれないんですよね。結婚、後悔してたりして」

「ち、違います。落としたらどうしようと怖くて」

本物の夫婦でないという気持ちはもちろんあるし、あんなに大きなダイヤのリングを普段使いにする勇気がなくて、普段から身につける習慣がなかった。そのせいで、今日もうっかり忘れてしまったのだ。

夫婦を演じるためのアイテムとして準備してくれたのに、大失態だ。

「落としたらまた買うさ」

総司さんが熱を孕《はら》んだ視線を私に送りながら、左手の薬指に触れてくるのでドギマギしてしまう。演技だとわかっていても、こんなふうに触れられたら鼓動の高鳴りが抑えられなくなるのに。

「さすが不動産王」

「やめてください」

「だけど、秋月アーキテクトを継げば名実ともにそうなる。学生時代に純利益三億は前代未聞だったし」

岩波さんも、総司さんが社長のイスを狙っていることを知っているの？

総司さんは表向き、文則さんの社長就任を認めている振りをしているとばかり思っていたので意外だった。

「茶化さないでください。……すみません、お手洗いをお借りしても？」

「もちろんどうぞ」

総司さんはリビングを出ていった。

ひとり残されてなにを話したらいいのかと頭を働かせていると、岩波さんが先に口を開いた。

「総司が幸せそうで安心しました」

「えっ？」

「な？」

「はい」

菜々子さんと顔を見合わせる岩波さんは、再び私に視線を送る。

「ご存じかと思いますけど、総司は肩身の狭い思いをしてきたし、傷ついてきた。それなのに自分でここまで人生を切り開いてきたこと、尊敬してます」

傷ついてきた？

岩波さんの話がまったく読めないけれど、ここは知っている振りをしておくべきだろうか。

「正直、家族というものにいい思い出がない総司は、結婚しないと思ってました。だから、結婚したいと思えるほどの女性と出会えたと知ってうれしかったなぁ。電話で報告を受けたとき、『自分にはもったいない芯のあるしっかりした女性なんです』と堂々と惚気るから、誰がしゃべってるのかと思ったよ」

総司さんが惚気る？

ううん。もうそのときから演技が始まっていたんだ、きっと。

「総司のこと、よろしくお願いします。アイツには幸せになってもらいたいんです」

「いえ。ふつつかな妻で……」

岩波さんの強い気持ちが私には重くて言葉が続かない。

「いや、総司の頬が緩みっぱなしですよ」

「そうそう。こんな顔もするんだってびっくりです」

ふたりはぴったり息が合ったところを見せる。

たとえ本当に頬が緩んでいたとしても、それはただの演技だ。彼の野望と私の復讐を達成するまで、仲睦まじい夫婦を演じなければならないのだから。

そんなことを話していると、総司さんが戻ってきた。

「話の途中ですみませんでした。あれ？　なにニヤニヤしてるんですか？」

「総司は里沙さんが大好きなんだなって話をしてたとこ」

「もちろん好きですよ」

少しも躊躇《ちゅうちょ》なくそう返す総司さんにドキッとする。演技が完璧すぎて、本当に愛する人と結婚したのだと錯覚しそうになる。

「これはまいった」

岩波さんは菜々子さんと顔を見合わせて笑っているけれど、私は複雑だった。

総司さんをこんなに心配してくれている人たちに嘘をついても大丈夫なのだろうか。

緊張から始まった訪問だったが、岩波夫婦の心遣いもあり、帰る頃にはすっかり打ち解けられた。

結婚式にも出席するとの返事をもらったものの、菜々子さんに関しては体調次第。

自然とお腹に手をやり優しい表情をする彼女を見ていると、こちらまで幸せのおすそ分けをもらったかのようだった。

来客用の駐車場で車に乗り込んで口を開く。

「素敵なご夫婦ですね」

「そうだな。特に岩波さんが菜々子さんに惚《ほ》れてるから」

全力で愛される菜々子さんが少しうらやましい。

「里沙。こういうときは指輪をしてくれないか？」

総司さんが少し尖《とが》った声で言うので顔がこわばる。

「すみませんでした」

「うん。頼む」

『もちろん好きです』と口にした彼に胸を高鳴らせたのはやはり間違いだった。彼は完璧なよき夫を演じただけ。

そういえば、岩波さんが『総司は肩身の狭い思いをしてきたし、傷ついてきた』とか『家族というものにいい思い出がない』と話していたけれど、どういう意味なのだろう。

たしかに社長の反応は冷ややかで、とても親子とは思えなかった。兄の文則さんも、総司さんを見下しているように感じられた。総司さんを自分の都合のいい駒にしようとしているのかなとも。

幼少の頃につらい思いをしてきたから、彼らを引きずり下ろして社長になるという夢を抱いているのだろうか。

私が祖父の恨みで怒りをくすぶらせているように、総司さんの胸の中も真っ黒だったとしたら、私に手助けできることはない？

ふとそんなふうに考えたものの、総司さんはそんな期待なんてしていないと我に返る。

彼は私に妻の役を演じてほしいだけ。完璧な彼のためになにかしようなんておこがましい。

エンジンをかけたあと黙り込んだ総司さんの横顔をチラッと視界に入れながら、ずっと心の中で葛藤《かっとう》を繰り返していた。

噛み合わない夫婦　Ｓｉｄｅ総司

ている。

岩波さんの家で仲睦まじい夫婦の姿を見せつけられてから、なぜか胸がもやもやし

岩波さんが里沙が指輪をしていないのに目ざとく気づいて指摘してきたとき、こうした際のアピールのために購入したのにとも思ったが、それ以上に里沙が指輪をはめたくないのではないかと考えてヒヤッとした。俺との結婚を早くも後悔しているのではないかと思ったのだ。

『こういうときは指輪をしてくれないか？』と少々きつい言い方をしてしまったのは、そんな焦りがあったから。

そもそも、俺たちの間には愛などない。共通して持っているのは復讐という醜い感情だけ。そんなものでつながった危うい夫婦なのだから、いつ結婚をやめると言いだされてもおかしくはないと思っている。しかし、まだ困るのだ。

派手な結婚式をして、秋月家のあぶれ者という立場から脱却し、秋月アーキテクトの重役たちにも取引先の人間にも、跡取り候補はもうひとりいると知らしめたい。

そして投資家仲間に秋月アーキテクトが手掛けようとしている都市開発に気づいてもらわなければ。

会社を継ぐのは兄の文則だというのは、ずっと前からの既定路線だ。

強引な手法でときには反社会的勢力まで使って都市開発を進める兄は、黒い部分さえ見せなければすこぶる敏腕。

里沙の祖父から家を奪ったあの地域も、細くて渋滞しがちだった道路の整備をして、大型スーパーや学校、そして大企業のオフィス誘致にも成功。都心から乗り換えなしで三十分という立地のよさもあり、秋月アーキテクトが建設した駅前のタワーマンションは現在空室なしの大盛況だ。しかも資産価値がどんどん上がっていて、投資家たちも一目を置く地域になっている。

ただ俺は、その成功の裏で犠牲になり、涙を流すどころか里沙の祖父のように命を失った人たちがいることを忘れてはいない。

『地域の人たちが豊かに暮らせる街作りがしたくて会社を興《おこ》したんだよ』

今は亡き祖父は俺に何度もそう話した。ところが今の秋月アーキテクトは、地域の人を犠牲にして成り立っている。

社長のイスを父に譲った祖父は亡くなる直前に、『総司は逃げなさい。お前はあの世界に染まるな』と無念の表情で俺に告げた。まだ高校生だった頃のことだ。

俺は父から、『大学卒業後は文則のサポート役に徹するように。それがお前の役割だ』と幼少の頃からずっと言われ続けていた。けれども、祖父のそのひと言で自分が信じた道を歩くとひそかに決意した。

ただ、すでに会社内で大きな勢力を築いている兄に対抗するにはあまりにも未熟で、兄の地位を奪えるチャンスをずっとうかがっていたのだ。

そこに現れたのが里沙。

部下として配属が決定し最初の部の飲み会のとき、彼女がほかの部員に出身地を尋ねられ、『東京生まれですけど、もう実家はないんです。親族は誰もいなくて』とサラッと告白しているのを耳にして驚いた。俺も名ばかりの家族はいるもののずっと孤独だったので、彼女に興味が湧くのは自然な流れだった。

最初はそれだけだったのだが、不動産投資について学ぶ姿に異常なまでに熱が入っていて、なにか訳があるのではないかと勘ぐり始めた。

たとえば、父親が不動産投資で大損害を出して破産し、自死してしまったとか……。

そんな可能性が頭をちらついたが、ふと思い出したのだ。十年前、兄が強引に進めた都市開発の反対派のまとめ役だった山根さんの孫が、里沙という名前だったことを。

改めて山根さんについて調べたら、やはり彼女は孫で間違いないとわかった。

里沙の熱意の原動力が秋月アーキテクトへの復讐だと気づいて衝撃を受けたのと同時に、彼女は使えると踏んだのだ。

結婚に価値を見出せなかった俺は一生独り身でいるつもりだったが、社会的には不利なのもひしひしと感じていた。

里沙と夫婦になったことで社会人として信頼を得られるようになったのだから、このまま突き進みたい。

彼女にはこの結婚の見返りとして、投資に適した優良物件を紹介してやればいいと軽い気持ちだったのだが、ひとつ屋根の下で暮らすようになると妙な罪悪感が出てきた。

祖父の無念を晴らすために不動産投資を必死に学び、しかしいまだ兄にも会社にも傷をつけられていない自分の力のなさに打ちひしがれている彼女は、とんでもなく真面目な人間だと思う。

里沙に作ってもらった料理を口に運ぶたび、彼女がうれしそうな顔をしているのを知っている。食事中に笑顔を向けられたのが新鮮で、家族とは本来こういうものなのか……とふと考えた。

秋月家での俺は、ただのスペアだった。いないと困るが、大切にするつもりはない。そして本物より決して目立ってはならない、あやふやな存在。

同じテーブルで父や兄と食事をしていても、会話を振られることは皆無。空気と同じ扱いで、食事を残そうが食欲がなかろうが関心なし。それなのに、父は兄が好き嫌いすれば、『大きくなれないぞ』と諭し、家政婦に食べやすく調理するようにと指示まで出した。

俺が体調不良で食事に口をつけられなければ、『文則にうつるから出ていきなさい』で終わり。

不憫《ふびん》に思ったのだろう。家政婦が飲み物やお粥《かゆ》を部屋に運んでくれたが、なぜ兄と自分の扱いがこれほど違うのかと布団をかぶって泣いていた。

そんな経験しかないから、里沙と過ごす時間は俺にとって初めて尽くしだったのだ。

表向き仲のいい家族がいて金に困ることもなかった俺より、里沙のほうが壮絶な人生を歩んできている。

事故で両親を一度に亡くし祖父に引き取られたものの、その祖父も他界。たったひとつ残された思い出の家まで売却しなければならず、施設に引き取られた彼女。

想像するに、苦しくつらい毎日だったはずなのだが、彼女が見せる笑顔は優しい。

里沙を見ていると、祖父の仇を討つという強い決意があるからこそ歩いてこられたのではないかと感じた。そうでなければ、壊れていたのではないだろうか。父や岩波さんと会ったとき、びっくりするほど緊張していた彼女は、平気で嘘をつけるような強い人間ではなさそうだ。

表と裏の顔を使い分けるのが日常茶飯事の俺と比べたら、はかなくてどこかふわふわしているようにも見える。けれども、もしかしたら根が優しすぎて、復讐なんていうおぞましい感情を抱くのにふさわしくない人間なのかもしれないと思った。

岩波家からの帰り道。冷蔵庫が空になりつつあるのを思い出してスーパーに寄ることにした。

料理をするのが好きそうな里沙は、カートを引きながらキョロキョロしてどこか落ち着きがない。メニューを決めかねているのか、いろんな食材を手にしては戻し、カゴは空のままだ。

こんなときにどうしたらいいかわからない俺は、いつものように肉や野菜といった食材を黙々とカゴの中に放り込んでいく。

「あのー」

そのうち、里沙が申し訳なさそうに話しかけてきた。

「どうした？」

「私、総司さんのことをなにも知らなくて。お好きなものがあれば教えていただけますか？」

なにも知らないのは当然として、好きな食べものを聞いてもらえることに衝撃を受けた。実家ではなんでも兄の希望通りで、俺の意見など誰も求めていなかったからだ。

「好きなもの……」

勝手に食べたいものをカゴに放り込んでいたけれど、里沙の意見も聞くべきだったかもしれない。きっとこれが家族というものなのだろう。

「あっ、面倒なことを聞いてごめんなさい」

仕事中はハキハキものを言う彼女が、こうして必要以上におどおどした姿を見せるのは、おそらく他人との接し方に困っている証拠。

他人とのかかわりが薄かった俺も、プライベートでは自分の意見をどこまで主張していいのか、はたまた引くべきなのかよくわからない。

「面倒じゃないさ。迷ってただけ」

そう伝えると、彼女の頬に赤みが差した。

きっと自分の聞いたことが間違いではなかったと安心したはずだ。

「里沙」

俺は里沙に一歩近寄り、肩に手を置いて顔を覗き込む。すると彼女は驚いたように目を見開いて、俺を見つめた。

「なんでも言ってごらん。俺、自分ではよくわからないけどぶっきらぼうらしいし、冷たい言い方をしてしまうかもしれない。だからといって怒ったりはしない」

もしかしたら施設にいた間、他人の顔色をうかがいながら生きてきたのかもしれない。俺が秋月家でそうだったように。

だから、初対面の人の前ではガチガチに緊張して顔を青ざめさせるのだ。おそらく、嫌われてはいけないと必死なのだろう。

「ありがとうございます」

途端に安心したような顔を見せる彼女の姿に、俺の予測は外れてはいないと思った。

「それで、好きなものか……。と言われても、特になにがというわけでは。あっ、セロリが無理」

それでも食卓に並べば小さく切って丸飲みしていた。大学進学と同時に秋月家を出てからは一度も口にしていない。

「私もちょっと苦手です」

「それならちょうどいい。俺、アヒージョが食べたいんだけど、嫌い？」

「大好物です」

そんな答えが返ってきて、自然と口の端が上がる。

「総司さんは、朝は和食と洋食とどちらがお好みですか？」

「どっちも好きだよ。食後のコーヒーだけは飲みたいかな」

家でもプレジールのコーヒー豆をいくつか種類をそろえている。

「それじゃあ、淹《い》れますね。私、お砂糖入れていいですか？」

「もちろん構わない。好きなだけ」

「そんなにたくさんはいりませんよ」

会話というものは、こうやって弾ませるものなんだな。

たとえ愛や恋という感情はなくても、せっかく同じ家で暮らすのだから少しでも楽しく過ごしたい。

里沙と一緒だと、自分でも知らなかった感情が湧き出てくるのが不思議だった。

翌週はお盆休みに突入した。

最初の休日は、朝から真っ青な空が広がった。空を切り裂いて上昇していく飛行機が太陽の光をキラキラと反射させている。

午前中に里沙の引っ越しを済ませた。といっても大きな荷物はなく、彼女の洋服や日用品、あとは大量の本くらいですぐに終わった。

なんの本を読んでいるのか気になって段ボール箱を開けているところを見ていたら、ほとんどが不動産投資に関するものだった。中には、繰り返し読んだと思われるボロボロの本もあり、彼女の努力を目の当たりにした。

夕食は、俺が作ったこだわりのビーフシチュー。大きめの肉を入れて煮込んで出すと、席に着いた里沙は目を輝かせる。

「レストランみたい。ルーまで自分で作るなんてすごすぎます」

「少し手間だけど、こっちのほうがうまい。ほら、食べよう」

「はい、いただきます」

里沙が牛肉を口に運ぶ姿をまじまじと見てしまう。

彼女が作ってくれた料理を食するとき、いつも強い視線を感じるのはこういうことか。反応が気になるのだ。それなのに俺は、『うまい』のひと言も言わなかった。

「お肉がとろける。最高です」

目を細めて満面の笑みを浮かべる彼女を見て、俺まで幸せな気持ちになる。ただ、それを態度に出すのは照れくさくて、なんでもない顔をしていた。

「気に入ってもらえてよかった」

「まさか総司さんが料理するなんて、部署の誰も想像できませんよ。皆にも食べさせてあげたい――」

「プライベートは知られたくない。放っておいてくれないか」

反射的に強い言葉が漏れた。秋月家は仲がよくて親子も兄弟も息がぴったりだとか、なにも知らないやつらに噂を立てられてうんざりしているのだ。

すると、皿に伸びていた里沙の手がピタリと止まる。

「すみません」

焦った様子で謝る彼女は、うつむいたまま食べ続ける。

里沙への怒りなど少しもないのに、誤解するような言い方をしてしまった。

しかし、なにをどう説明したらいいのかわからず、俺もそれからは黙ってシチューを口に運んだ。

俺たち夫婦が会話を交わすのは、食事の時間くらい。あとは互いに自室にこもり、それぞれ好きに過ごす。

里沙は荷物の片づけをしているようだが、俺は風呂に入ったあとパソコンに向かった。岩波さんが薦めていた物件が気になるのだ。

「これは……」

周辺地域の状況や将来性、建物の構造などを調べただけではあるが、これは誰もが喉から手が出るほど欲しい物件なのではないか。売りにはまだ出ていないので、おそらく店の出店を進める中でマンションごと売却する意思があることを知って目をつけていたに違いない。

こんな掘り出し物を惜しげもなく里沙に教えるとは。

ただ、岩波さんはそういう人だ。真面目に学んでいる人には優しく、俺もいくつか紹介してもらい、大化けした物件もある。あの人は店がうまくいけばいいという考えの持ち主なので、不動産投資で積極的に稼ごうという気持ちはない。

里沙はどうするつもりだろう。彼女もリサーチを始めているはずだ。

「融資か……」

銀行から金を借りられるかどうかが第一関門だ。あとは度胸。

俺は里沙の顔を思い浮かべながらあれこれ考えていた。

今まで他人に興味など抱いたことがなかったのに、これほど彼女が気になるのはどうしてなのか自分でもよくわからない。

初投資は成功したほうがいいに決まっているのだから、少しくらい手伝っても……。

俺はそんなふうに自分の考えに理由をつけた。


それから彼女の口数が少なくなった。俺が『プライベートは知られたくない。放っておいてくれないか』と突き放してしまったせいだろう。

お盆明けの今朝も朝食を作ってくれたものの、彼女からはなにも話そうとしなかった。ただ、俺が「うまいよ」と素直に感想を口にしたら、曇っていた表情が一気に明るくなったのが印象的だった。

引っ越しも済んだので、一緒に出社して部署の仲間に結婚を報告した。

浜野さんが目玉が飛び出しそうな顔で「は？」と素直な声を漏らしていたが、そのあとは拍手が湧き起こった。

ただ、隣に立つ里沙は顔が真っ青で今にも卒倒しそうだ。御曹司という立場である俺は、どこかの社長令嬢と付き合っているだとか、許嫁《いいなずけ》がいるだとか勝手に噂されていたので、気にしているのだと思う。

部への報告が終わり、彼女を自分の席に戻す前に「大丈夫だ。堂々としてろ」と耳打ちした。すると彼女はかすかに微笑み「はい」と小声で返事をしてうなずいた。

俺はそれからすぐに会議で、そのあとの部署の様子は知らない。昼前に戻ってきたとき、里沙はパソコンに向かってひたすらなにかを打ち込んでいて、いつもと変わりなかったので安心した。

「秋月さん」

デスクに戻った俺のところに最初に来たのはその里沙だ。

「どうした？」

「例のマンションのBOE分析、できました。チェックしてください」

ずっと悩んでいたあれか。失敗を恐れていた彼女に『里沙の仕事を目の前で見てきた俺が、できると踏んでいる。お前に足りないのは自信だけ』と助言したは少し前のこと。その言葉が届いたのか、今の彼女には自信がみなぎっている。

「わかった」

こうして仕事の話をしていても、どこからか視線を感じる。結婚を発表したばかりなので仕方がないか。

それからは上がってきた報告書をチェックしたり、部員に指示を出したりしていると、あっという間に十八時半。里沙が帰り支度を始めたので、俺もパソコンの電源を落とした。

「帰るぞ」

彼女の近くまで行き、声をかける。やはり視線を感じるものの、仲睦まじい夫婦を演じておいたほうがいい。仮面夫婦だと知られるのはまずいからだ。

「はい」

顔を伏せたまま返事をする里沙を伴い、車に乗った。

俺が注意をしたからか、あれから指輪をつけるようになった。盛んにそれに触れている彼女は、ずっと黙ったままだ。

「例のマンションのＢＯＥ分析、少し厳しすぎるようにも思うがよくできていた」

「本当ですか？」

「あぁ。この案件に関してはＧＯサインを出しても問題なさそうだ」

はぁ、と深いため息をつく里沙は、安心したのかようやく笑顔を見せる。

「岩波さんの話していた物件のＢＯＥ分析もしたんだろ？」

「あ……はい」

「もし里沙が投資家デビューするなら、サポートしてもいい」

「サポートって？」

赤信号でブレーキを踏むと、彼女は不思議そうに俺を見ていた。

「銀行を紹介してもいいと思ったんだが、それより、俺が融資したほうが早いんじゃないかと」

「そんなご迷惑はかけられません」

目を見開く彼女は、激しく首を振っている。

「それじゃあ、言い方を変える。里沙がその物件に投資するなら、俺は里沙に投資する。俺はお前を信じてる。しっかり精査して、購入を決めたら俺に言ってこい」

「でも……」

彼女の戸惑いはわからないではない。俺も初めての投資ではかなり慎重になったし、緊張もしたからだ。

「ビジネスだと思えばいい」

いきなり契約結婚をさせた手前、彼女の目的を果たすことも考えなければならない。

正直、この物件で利益が出たところで、彼女の祖父の土地は買い戻せないだろう。それは彼女もわかっている気がする。

それでもあきらめないのは、そうやって努力し続けることが祖父への弔《とむら》いであり、生きる目的になっているからに違いない。

「もう少し時間をください」

「わかった」

うなずいた俺は、再びアクセルを踏み込んだ。


その日の夕食は、照り焼きチキン。里沙と一緒にキッチンに立ち、ふたりで作った。

しかし彼女との距離を測りかねている俺は、黙々と手を動かすだけで言葉が出てこない。里沙が沈黙の時間におどおどしているのを知っているのにだ。

俺が『プライベートは知られたくない』と線を引くまでは、なにかと彼女から話しかけてくれていたのだが、それもない。もちろん俺のせいだ。

「里沙、皿を出して」

ようやく言えたのがそのセリフ。こんなことなら彼女に調理を任せてしまえばよかったと後悔した。

向かい合って席に着き、食事を始める。

「結婚式だけど、式場は俺が決めてもいいか？」

招待客が多いため、場所は限られる。

「もちろんです」

「今のところ、ホテル『アルカンシエル』にするつもりだ。ドレスは里沙の好きにするといい。オーダーしてもいいけど、日程が空いていればすぐにでも挙げたい。間に合わなかったらごめん」

「オーダーなんてとんでもない。でも、承知しました」

里沙は笑顔もなく返事をする。

事務的に進む会話が少し虚しかった。本当の夫婦なら一緒に見学に行き、幸せを噛みしめるところだからだ。

「里沙」

「はい」

「前に進もう」

もう仇討ちの階段を上り始めてしまった。今さらあと戻りできない。

「……はい」

神妙な面持ちでうなずいた彼女は、俺から視線を外して食事を続けた。

期待と現実のはざまで

総司さんとひとつ屋根の下で暮らすことに戸惑いばかりだったものの、もしかしたら期待していたのかもしれない。仕事から帰ってきた家に、誰かの温もりを感じること。朝起きて『おはよう』と誰かと挨拶を交わすことを。

同じ目的でつながっているだけの仮面夫婦なのは百も承知しているけれど、祖父を亡くしてからずっと孤独だった私は、無意識に家族の温もりを求めていたのだろう。

たとえ偽りでも、彼と夫婦らしく振る舞えたら——と。でも、彼のほうにはそんな気はまったくないのだから、出すぎた真似をすべきではない。

そんな葛藤が常にある。

私とは違い総司さんはきっちりふたりの間に線を引きたがっているようだし、おそらくそれが正解だ。今まで満たされなかったものを、彼と過ごすことで埋めたいだなんて、私の身勝手なのだから。

ただし、部下としては認めてもらえているのかなと言葉の端々から感じる。それに、岩波さんお薦めの物件の融資まで申し出てくれたのには驚いた。

「アルカンシエル……」

ひとり部屋にこもって、結婚式の会場の候補となっているホテルを検索してみる。

「素敵」

私は宿泊経験がないけれど、一流ホテルなのは知っていた。教会は見たことがなかったが、かなり大きいしステンドグラスが美しい。

総司さんは私を気遣いドレスをオーダーしてもいいと話していたけれど、愛のない結婚のためにさすがにそこまで必要ない。この婚約指輪だけでも腰が引けているというのに。

結婚式か……。

天国の両親や祖父はなんと言うだろう。きっと私の花嫁姿を見たかったはずだ。でも、これは幸せになるための挙式ではないのが残念だった。

その日の夜。両親や祖父のことを思い出したからか、悪夢を見てしまった。

『嫌、来ないで。お父さんお母さん、どこ？　おじいちゃん助けて！』

強面の男数人に囲まれ体を拘束《こうそく》されて、首に手が伸びてきたところで目が覚めた。

とっさに首に触れてみたけれどなんともなくて、ようやく酸素が肺に入ってくる。

部屋が暑いわけではないのに、額にはうっすらと汗が浮かんでいた。

「まただ……」

実は祖父を亡くしてから、こうした嫌な夢を時々見るのだ。いつも同じではないけれど、窮地に追い込まれるのに誰も助けてくれないというような内容が多い。

ひとりになってしまった不安の表れなのかもしれない。

とても眠れそうになくて、キッチンに水を飲みに行くことにした。

コップに冷たいミネラルウォーターを注いで飲み干したあと、ソファで放心する。

いつになったらこの不安から解放されるのだろう。もしかして、一生続くの？

これまで平気な顔をして生きてきたけれど、本当はひとりが心細くてたまらなかった。だから、総司さんとの同居生活に戸惑いはあれど、同じ屋根の下に誰かがいてくれるというのはとても心強い。

そんなことを考えていると、リビングのドアが開く音がしてビクッとした。

「里沙？」

総司さんだ。

「ごめんなさい、起こしましたか？」

「物音がしたから気になって。でも、大丈夫だ」

彼は照明をつけたあと、隣に座る。

「眠れない？」

「怖い夢を見てしまって」

正直に答えると、いきなり肩を抱かれて驚いた。

「そうか。どんな夢？」

「……怖い人たちに囲まれて、首を絞められそうになったんです。父や母、それに祖父に助けを求めても誰も来てくれなくて」

思い出すだけで顔が険しくなる。すると彼は私を抱き寄せて、まるで幼い子をあやすように背中をトントンと叩き始めた。

「怖かったな」

そんなの夢だろ？と突き放されるのではないかと思っていたので、共感してくれるのが意外だ。

「……はい」

「でも、もう大丈夫だ。今度は俺が必ず助けてやる」

夢の中の話なんてどうにもならないと彼もわかっているだろうに、そう断言されると安心できる。本当に夢の中まで駆けつけてくれそうだ。

「里沙は今までひとりで頑張ってきたんだもんな。だけど、頑張りすぎると壊れるぞ。せっかく俺がそばにいるんだから、もっと俺を頼れ」

頼っても、いいの？　プライベートには踏み込まれたくないんでしょう？

「いいんですか？」

「それが妻の特権だぞ。妻くらい守ってみせる。だからお前は少し力を抜け」

妻の特権……。かりそめの妻の私にも、その特権を与えてくれるのだろうか。あなたのプライベートな領域に少しは入れてくれるの？

愛のない結婚だとわかっていても、その言葉が心強い。

「まだ眠れそうにない？」

「……はい」

さっきの夢が生々しくて、脳が興奮している。完全に目が冴えてしまったので正直に答えた。

「そっか。ホットミルクを作ろう」

「いいえ、総司さんは寝てください」

立ち上がってキッチンに行く総司さんを止めた。彼まで巻き込みたくはない。

「大丈夫だ。俺もたまには砂糖を入れてみるか」

少しも迷惑そうな顔をしない彼に救われる。私もキッチンに行き、手伝った。

再びソファに戻って口にした湯気が立ち昇る甘いミルクは、体だけでなく心にまでしみ渡る。きっと総司さんの優しい気持ちが詰まっているからだ。

「やっぱり甘いな」

「お砂糖は甘いものです」

そう答えると、隣の彼は「それもそうだ」とクスッと笑う。

「少し落ち着いてきたな」

「はい。付き合わせてごめんなさい」

「問題ない。里沙とミルクを飲めて満足だ」

ホットミルクなんて飲む人じゃないのに、そんなふうに言ってくれるのがありがたい。

「もう大丈夫です。部屋に戻ってください」

ミルクを飲み干した彼にそう伝えたが、彼は首を横に振る。

「だから、ひとりで頑張りすぎだ。怖いときは怖いでいい。強がるな」

「総司さん……」

気持ちが落ち着いたとはいえ、まだ眠れそうにない。それを見透かされているようだ。

「ここ」

「はっ？」

総司さんがなぜか自分の太ももを叩く。

「頭をのせて横になって」

「いえっ、そんな」

膝枕をしてくれると言っているようだけれど、ありえない。恥ずかしすぎる。

「それじゃあ、ベッドで抱きしめたほうがいい？」

とんでもないことを言われて、目をぱちくりさせた。

「そ、それはちょっと……」

「それなら、はい。早く」

もう一度脚を叩く彼に急かされ、ドキドキしながら頭をのせた。筋肉質な彼の太ももは決してのせ心地がいいというわけではないけれど、守られているという感じがしてホッとする。――ただし、鼓動は高鳴るばかりだ。

「なんでそっち向きなんだよ」

「だ、だって……」

照れくさくて彼に背を向けたのが気に入らなかったらしい。でも、これが限界だ。

「まあ、いいや」

彼はそう言いながら私の頭を優しく撫で始める。たまらなく恥ずかしい一方で、心地よくて幸せだった。

「里沙はずっと走ってきただろ？　悪夢を見るほど追いつめられてるんだ。少し休憩したってばちは当たらない。お前が休んでいる間は俺が走っておくから、なにも心配せずに頭を空っぽにして休め」

私を労わる言葉に涙腺が緩んでくる。ふっと肩にのった重い荷物が軽くなった気がした。

それから彼は黙り込んだ。ただ頭を撫でる手の動きは止まらず、心が穏やかになっていく。そうしているうちに、いつの間にか私は意識を手放していた。


翌朝、パチッと目を開くと、目の前に総司さんの顔があって叫びそうになるくらい驚いた。

彼は私の手を握ったまま床に置いたクッションに座り、ソファに頭をのせて眠っている。

ずっとここにいてくれたんだ……。

そのおかげか、あれから悪夢を見ることなくぐっすり眠れた。

起き上がると、いつの間にかかけられていたブランケットが床に落ち、彼のまぶたも開く。

「お、おはようございます。昨日はすみませ――」

謝ろうとしたのに、彼は私の唇に指を置いて止めた。触れられた場所がたちまち熱くなり、心臓がドクドクと大きな音を立て始める。

「謝るな。俺も里沙がいてくれたから気持ちよく眠れた」

嘘ばっかり。床に座ったまま熟睡できるわけがない。

けれども、彼の気遣いがうれしくてうなずいた。

「さて、着替えるか」

うーんと伸びをした彼は、私の頭を軽く叩いてからリビングを出ていく。

総司さんとのかかわり方がわからなくなっていたが、まさか彼のほうからこんなに距離を縮めてくるなんて。驚いたものの、心配してくれているのが伝わってきた昨晩は、心が温かくなる幸せな時間だった。

時折冷たい言葉で私を遠ざける彼だけど、不器用なだけで、本当はとんでもなく優しい人なのかもしれない。

それに……。

「夫婦でいるのも悪くないかも」

ふとそんな言葉が漏れる。苦しいときに隣に彼がいてくれたら、頑張れる気がする。私も彼にとってそういう存在になれたら……。

昨晩のお礼に、腕によりをかけて朝食を作ろう。

そう思いながら、着替えのために私も一旦自室に戻った。


結婚式の会場がアルカンシエルに確定したのは、その一週間後。にわか雨のせいか少し気温が下がり、送南風《おくりまぜ》が吹いた日のことだった。

総司さんの仕事の早さには驚かされるけれど、一刻も早くそうしなければならない理由がわかった。

「いよいよ、千葉のプロジェクトが本格的に動きだした」

夕食のエビフライを口に運ぼうとすると総司さんが話しだしたので、私は箸を置いた。また祖父のように苦しむ人が出ると思うといたたまれない。

「今さらですけど、総司さんはそんなことに加担して本当に大丈夫なんですか？」

私はクビになろうが構わないけれど、彼は社長就任を目指している。会社の不利益になる行動が明らかになれば、それも叶わなくなりそうだ。

「俺が積極的に情報を流さなければいい。投資家たちが自発的に気づいて、その周辺の土地や建物を購入してくれれば」

証券市場ではインサイダー取引が禁じられているが、不動産の分野では法的に問題がない。そのため、投資家たちはこぞって有力な情報を集め、安い値段で仕入れて高くなったところで売却する。

でもプロジェクトが公になっていない今、自発的な購入を期待するだけではうまくいくとは思えない。

「買ってくれるでしょうか？」

素直な言葉を口にすると、彼はかすかに口の端を上げる。

「そのために結婚式をやるんだ」

「あ……」

そうだった。私たちが仮面夫婦になったのはそれが目的だった。

「投資家たちが集まれば自然と投資についての話になる。当然最近の秋月アーキテクトについても話題に上がるだろうな」

投資の話で盛り上がっているところに、秋月アーキテクトが新たな都市開発を手掛けているという情報でも少しでも入ろうものなら、こちらが促さずともプロの投資家たちはさらなる情報収集に走るだろう。水面に波紋が広がるように、情報もあっという間に伝わるに違いない。

「ですけど、もしそれが可能でも、価格をつり上げておいて秋月アーキテクトに売られてしまっては……」

意味がない。

「投資家はその道の専門家だ。売りどきもわかっているから、少しくらい金を積まれても動きはしない。それに、ＢＯＥ分析はなんのためにするんだ？」

そう問われて我に返った。

「あ……」

用地買収の費用がべらぼうに高くなり、開発後の収入では賄《まかな》えないと予想される場合、その計画は少なくとも見直しになる。それをするのは我が不動産投資企画部だった。

「ただ、兄や父は禁じ手を使ってくる可能性もある」

「禁じ手って？」

「今回は、十年前のあの都市開発を上回るほどの社運をかけた大規模開発だ。主導権を都市開発事業部が握り、うちの部を外してくるかもしれない」

今までの強引なやり方をよく知っているだろう総司さんの表情が引き締まる。

「そんな」

愕然としていると、彼はいきなりテーブルの上の私の手を握った。

「大丈夫だ。俺がいるじゃないか」

「総司さん……」

「里沙は俺を信じてついてきてくれればいい」

私を射る熱い眼差しに、鼓動が速まっていく。仕事の話をしているのに、愛を告白されたような錯覚を感じたのはどうしてだろう。ずっとひとりで走ってきたのに、ともに走ってくれる人がいるという安心感があるからか。

「私にも買える物件はありますか？」

総司さんや投資仲間に任せ通しなのが心苦しくて尋ねると、私の手を放した彼は眉をひそめた。

「里沙はいい。買うなら岩波さんが話していたマンションにしろ」

「どうして？」

一矢報いることができるなら、今が決断のときではないの？

「兄がどんな手を使うか知っているだろう？」

もちろん、知っている。恐喝まがいの交渉に、それでも応じなければ反社会的勢力の人たちを使うのもいとわない。危険な目に遭わされた人がいるという噂を耳にしたこともあるし、妻や子への危害をちらつかされて、泣く泣く土地や家を手放した人もいた。なにより、祖父と私自身がその経験をしたのだから。

「知ってますけど、やらなくちゃ」

「俺がやる。素人が出る幕じゃない」

ピシャリと言われて顔が引きつった。

たしかに、一度も不動産投資をしたことがないのだから素人同然。初めての投資を行うにしてはリスクが高い地域だ。

強く制されてうつむく。

私はまたなにもできないのだろうか。祖父の仇討ちをしたいと気持ちばかりが先走り、結局は手も足も出ない。私は今までなんのために生きてきたんだろう。

ふとそんなことを考えると顔が険しくなった。

「里沙」

名前を呼ばれて顔を上げると、総司さんの強い視線につかまる。

「俺と結婚したこと、後悔してる?」

意外な質問にとっさに首を振った。

「してません。どうしてですか?」

「里沙の心にある強い怒りを知って、同じ船に乗ろうと思った。だけど、同乗させるには里沙は弱すぎる」

「ごめんなさい。あの……」

指をくわえて見ていることしかできない私は、復讐のパートナーとして期待外れだったんだ。

「謝らなくていい。悪いと言っているわけじゃない。弱くたっていいんだ。里沙を無理やり引きずりこんだ俺が悪い」

「違います。私は私の意思で——」

「わかってる。だけど、里沙はこれ以上の汚れを知らずに生きていってほしい」

彼は困った顔をしてテーブルに肘をつき、顔の前で手を組む。

「私、もう失うものなんてないんです。だから、どうか一緒に闘わせてください」

身を乗り出すようにして訴えたものの、彼は首を横に振った。

「足手まといだ。里沙はただ、俺の妻として振る舞ってくれるだけでいい。それ以上のことは望んでいない」

凍るように冷たい言葉が胸に突き刺さる。

心配している振りをして、やはり邪魔をするなと言っているに違いない。

総司さんと手を組んで互いに利用し合うなんて、力のない私には最初から不可能だったのかもしれない。彼の隣に座って息をしているだけのお飾りの妻で、結果を待つだけの情けない人間なんだ、私は。

薄々感じていたことを突きつけられて、目の前が真っ暗になった。

それからは黙々と食事を続けたけれど、正直なにを食べたのかも覚えていないほど動揺していた。

食器を片づけて自室に飛び込むと、じわじわ瞳が潤んでくる。

タッグを組もうと言われて、勘違いしていたのかもしれない。対等な立場で同じ目標に進むつもりだったのに、力がなければそれも叶わない。復讐はまだ始まったばかりなのに、もう見限られてしまった。

『足手まといだ』と言い放った総司さんの険しい表情を思い出すと、心が痛くてたまらない。

私はどれだけうぬぼれていたのだろう。

夫婦でいるのも悪くないだなんて、完全に私の思い上がりだった。甘すぎるにもほどがある。総司さんは文則さんや社長の失脚だけを考えて行動していたのに、私は余計な感情を挟んでばかり。あきれられても仕方がない。

ベッドに座って膝を抱える。

これからどうしたらいいのだろう。

『俺の妻として振る舞ってくれるだけでいい。それ以上のことは望んでいない』とけん制された今、下手に動くこともできない。それこそ間違いなく足手まといになる。

総司さんを信じて任せるしかないの？　本当になにもできない？

そんなことを考えているうちに、涙が一粒頬を伝って落ちていった。

結婚式は盛大に　Ｓｉｄｅ総司

里沙と結婚する一方で、俺は岩波さんとも頻繁に連絡を取り合っていた。兄が進めるプロジェクトが近々公にされそうだからだ。

表立って動きにくい分、俺の過去について知る岩波さんに甘えてしまっている。実際彼も、開発予定地にある中古マンションを購入してくれた。もちろん、この恩はたっぷり価値をつけて返すつもりだ。

秋月アーキテクトも着々と周辺の物件を購入し始めてはいるけれど、まだ都市開発計画が大々的に発表されていない今、通常通りの不動産投資扱いとなる。

この計画を阻止するには、値が上がる前に投資家仲間に物件や土地を仕入れてもらわなければ。

現在、我が不動産投資企画部が猫の手を借りたいほど忙しいのは、このプロジェクトにまつわる物件の精査が大量に舞い込むからだ。

浜野さんが中心になってＢＯＥ分析を進めているけれど、価格が低いうちに早く押さえておきたい兄は、その周辺の物件は条件なしで通せと言ってきた。

俺はそれを受け入れた振りをしつつ、自分のところで書類を止めて、怪しまれない程度に少しずつ購入許可を出している。

焦る一方で、里沙の様子が気になっている。

都市開発計画について明かしたとき、自分も物件を買うと言いだした彼女に驚いた。岩波さんをはじめとした俺の周りにいる投資家たちは経験も豊富で、多少危ない橋を渡ってきた人ばかり。秋月側から恫喝を受けたとしても、動じたりはしない。

しかし初めての投資となる里沙はどうだ。

自己資金も豊富ではなく、下手をすれば大赤字となり自己破産する可能性すらある。たとえそこは俺がなんとかしたとしても、恫喝の対象となればとても耐えられるとは思えない。復讐に人生をかけているような彼女だけれど、それをやり遂げるには少し優しすぎる。

里沙は目の前で祖父がそうした人間たちと闘い、そして苦しみ、挙げ句の果てに亡くなってしまったのを見ている。だからこそ折れそうな心を奮い立たせているように見えるが、彼女まで同じ道をたどらせたくない。

できれば俺に全部任せて笑っていてほしい。俺に家族というものの温かみを教えてくれただけで十分なのだ。

そう考えたら、『足手まといだ』という強い言葉で彼女を遠ざけていた。自分でも冷たく突き放した意識はある。しかし、そうとでも言わなければ納得しなかっただろう。

『もう失うものなんてない』と訴えてきた里沙が痛々しくて、それと同時に俺たちの関係も失っても構わないもののひとつなのだと寂しくもなった。

そんなことは最初からわかっていたはずなのに、苦しいのはどうしてだろう。

八月の終わりの土曜日は晴天で、まだ強い日差しを感じる。

朝食はいつものように里沙とふたりで。唯一夫婦らしく過ごせる時間だ。

里沙が俺の好きな料理を作ってくれるのがうれしくて毎日楽しみにしているのを、彼女はきっと知らない。

食事を進めつつ時折里沙の姿を盗み見ているのだが、料理を口に運んだ瞬間、頬がほころび幸せそうな顔をする彼女の様子に、勝手に癒《いや》されている。

秋月家にいた頃は、食事の時間は兄との格差を見せつけられて苦痛しかなかった。

それなのに、彼女との時間はホッとする。

こんなに穏やかな時間が持てるのがうれしくて、一生続いてほしいとふと思ってしまった。

　里沙が作ってくれた味噌焼きおにぎりは絶品だ。

　彼女を『足手まとい』という強い言葉でけん制してからしばらくは、表情が暗く、極端に言葉も減った。ところがしばらくすると笑顔が見えるようになり、こんな素っ気ない俺にも話しかけてくれる。その一方で、料理にいっそう力を入れるようになった。

　以前、『料理に没頭していると、仕事のもやもやも吹き飛ぶ』と話していたが、その通りなのだろう。

　俺とのぎこちない関係にもやもやし、さらには都市開発プロジェクトの進捗が気になり……おそらくストレスが最高潮に達しているはず。

　それなのに気丈に振る舞う彼女が健気で、なんとかしてやりたい衝動に駆られる。

とはいえ、どうしてもこちら側の汚い世界にこれ以上引き込みたくないという気持ちが先走り、なにもできないでいる。

　俺を会社から遠ざけようとした祖父も、きっとこんな気持ちだったのだろうと思う。

「ちょっと焦げすぎちゃった」

　おにぎり片手にペロッと舌を出す里沙は、口の端を上げる。ただ、どんなに笑みを浮かべていてもどこか悲しげだ。それも、俺が突き放したからに違いない。

本当はふたりで声をあげて笑い合いたい。そんな思いはあるものの、これ以上は近づいてはいけないと自制心が働く。

里沙に家族の温もりを求めるのは俺のエゴだ。彼女は祖父の無念を晴らすために結婚しただけ。

「問題ない」

いや、違う。『すごくうまいよ』と言うべきだ。

カリカリに焦げた部分が食欲を誘う。俺はこのくらいのほうが好みなのに。

おにぎりの隣に並んだ味噌汁は具だくさん。ジャガイモ、ゴボウ、ニンジン、油揚げ、長ネギが入っている。俺が忙しくしているのを見て栄養をと思ったらしく、最近は具を変えてよく作ってくれる。

ほかには、ほうれん草入りのたまご焼き。ほんのり甘い味付けなのは、コーヒーに砂糖とミルクが必須の里沙らしい。

「あとでスーパーに行ってきますね」

味噌汁の椀《わん》をテーブルに置いた彼女が言う。

「わかった」

俺も行くと言いたかったが、ぐっとこらえた。彼女はひとりのほうが気楽なのではないかと勘ぐったのだ。

「なにか食べたいもののリクエストはありますか?って、私より料理上手に聞くのも気が引けるんですけど」

彼女はたまご焼きに箸を伸ばしながら微笑む。

たしかに俺も料理はするが、手際がいいのは里沙のほう。そして栄養の偏りがないように考えてくれるのも彼女だ。

俺は自分が食べたいものを、時間も予算も考えずに作るだけ。里沙と同じように料理に没頭して、その間だけでも仕事や家族のしがらみを忘れようとしているのかもしれない。

ただ、あんなに手のかかる料理、毎日は無理だ。

「里沙に任せるよ」

そう言うと、彼女は一瞬寂しそうな顔をした。

今の返事、無関心だと思われただろうか。そうではなく、里沙が作ってくれたものならなんでもうまいのに。

「あっ、あのさ——」

「わかりました。なににしようかな」

瞬時に頬を緩めた里沙がそう言うので、言い訳をし損ねてしまった。

仕事なら言葉がすらすら出てくるのに、プライベートではうまくいかない。そもそも俺の話を聞いてくれた人がいなかったので、慣れていないのだ。

里沙が買い物に出かけたあと、リビングで結婚式の招待状の返事をチェックし始めた。

式を急いだため、都合がつかず欠席の人もいる。とはいえ、俺の存在を思い出して、秋月アーキテクトを意識してもらえればそれでよく、問題ない。

「いけるな」

出席の返事をくれた人の中には、有名な大物投資家もいる。不動産投資の勉強会やパーティで作った人脈がこれほど役に立つとは思わなかった。

中には父より年上の人もいるが、投資について教えを乞《こ》ううちに、有力な情報を流してくれたり、銀行の担当者とつないでくれたりもした。常に冷静に大金を動かす投資家たちはビジネスライクなように見えて、実は情に厚い人が多い。

彼らを巻き込むことに胸が痛まないではない。ただ、買わせたからには必ず利益を上げさせる。兄を失脚させたあと、本当に地域の人たちのためになる街作りをするつもりなのだ。

実は兄から都市開発のプロジェクトの一端を聞かされたときから、着々と青写真を描いていて、別の計画をすでに練っている。

都市開発事業部は大企業のオフィス誘致を柱とし、そこに住む人ごと街を作り変える予定だが、俺は現在の住民たちの豊かな生活に重きを置く計画。その街に住むすべての人が充実した生活を送れるようにするのが目標だ。

便利さを追求するために、区画整理はしなければならないだろう。でも、住民たちが安心して穏やかに空を見上げて談笑する。そんな落ち着いた空間を作りたい。

「里沙……」

そんな街で里沙と暮らしていけたらいいのに。

ふとそう考えてハッとする。

なにをバカなことを。里沙はそんなことを少しも望んでいない。これは契約結婚で、俺たちは仮面夫婦なんだ。

頭に浮かんだ願望を必死に打ち消す。

……願望、なのか。俺は彼女と生きていきたいのか？

自分がよくわからなくなり、混乱した。

とはいえ、もし俺にそうした気持ちがあったとしても、彼女は拒否するに決まっている。

この結婚は、本当に正しかったのだろうか。

そんな罪悪感でいっぱいになったものの時間がない。このまま兄が都市開発を実行したら、里沙の祖父のように苦しむ人が、そして里沙のように悲しみのどん底に突き落とされる人がまた出てしまう。

人を不幸にする秋月アーキテクトなんて、なくなってしまえばいい。

それくらいの強い憤りが俺の心の中に渦巻いている。

これだけ会社の規模が大きくなると、従業員の雇用を守らなければならないし、祖父が大切にしていた会社を失うわけにはいかない。それなら、秋月アーキテクトを本来の姿に戻すまで。祖父が秋月アーキテクトの前身である『秋月不動産』という会社を興したときの信念を取り戻せばいい。

そのとき、玄関で物音がした。里沙が帰ってきたようだ。

「おかえり」

彼女の帰宅がうれしくて玄関まで行って出迎える。ずっとひとりが気楽だと思っていたのに、里沙がいないとこんなに寂しい。

「ただいま」

「荷物、持つよ」

両手いっぱいに食材を買い込んできた彼女から買い物袋を預かる。

「ごめんなさい。私、ちょっと転んでしまって」

「はっ？　ケガは？」

淡いブルーのシャツにネイビーのパンツ姿の彼女の全身をチェックすると、パンツの膝のあたりが汚れている。

「大丈夫です。でも、卵が割れちゃったかも」

「膝、ケガしてるだろ」

卵の心配なんてどうでもいい。パンツの色が濃いのでよくわからないけれど、かすかに濡れているように見えるのは血ではないのか？

「ちょっとすりむいただけで……あっ」

しゃがみ込んですそをまくり上げると、案の定、皮がむけて出血している。これは一番痛いケガの仕方だ。

「どこが大丈夫なんだ」

「キャッ」

突然抱き上げたからか、彼女は悲鳴を漏らした。

「総司さん？」

「つかまってろ」

「歩けますよ？」

「そんなことはわかってる」

頼むから、これ以上傷つかないでくれ。心だけでなく体までなんて、見ていられない。

「ごめんなさい」

彼女が突然顔をしかめるので足が止まった。

「なにが？」

卵を割った以外に、まだあるのか？　いや、なにがあってもケガをしたことのほうが重要だ。

「私、総司さんの役に立ちたいのになにもできない。こんな子供みたいなケガまでして迷惑ばかり」

彼女の目から大粒の涙が流れ出したので驚いた。まさか、そこまで自分を追いつめているとは思わなかったのだ。全部、俺のせいだ。

「たしかにケガは子供みたいだけど、迷惑だとは思わない。それに、里沙は十分役に立っているよ」

彼女がいてくれるから俺は自分の信じた道を突き進めている。

俺はもうひとりじゃない。俺の話に耳を傾けて、真剣に聞いてくれる人がいる。俺のために動いてくれる妻がいる。それがどれだけ心強いか。

「そんなふうに慰めたりもするんですね。私が泣いたりするから」

そうじゃない。本心だ。

しかし、里沙がそう思うのも無理はない。俺はあえて彼女と深くかかわらないように気をつけてきたし、自分の本心をさらけ出すのが苦手なのだ。

ため息をつくと、里沙は体を硬くする。このため息は自分に向けたものだったのに、やることなすこと裏目に出ている。

今はとにかくケガの治療だ。

「泣きたければ泣けばいい。我慢するより、感情をあらわにしているほうが安心する」

ひとりで悩んで苦しむなら、全部さらけ出して叫んでほしい。それがたとえ俺への嫌悪であったとしても受け止めるから。

とにかく、これまで散々苦しんできた里沙をこれ以上窮地に追い込みたくなかった。

「安心？」

「傷が残ったら大変だ。手当てさせてくれ」

胸の内をうまく話せない俺は、再び足を進めて彼女をリビングのソファに座らせた。

傷をきれいにしたあと大きめの絆創膏《ばんそうこう》を貼る。痛いのか触れるたびに体を震わせていた里沙だけど、ようやく落ち着いたようで顔からこわばりが消えた。

「ありがとうございました。なんでも器用なんですね」

てきぱきと手当てしたからそう言うのだろう。もともと器用なわけではなく、ケガの手当ても自分でしていたから慣れているだけなのに。

「そうでもない。妻を泣かせてばかりだからな」

救急箱を片づけながら言うと、里沙は目を見開いている。

「ごめんなさい、私――」

謝罪の言葉を繰り返す彼女の手を握ると、一瞬ビクッとしたものの嫌がりはしなかった。

「もう謝るな。泣けばいいと言っただろう？　それに、謝るのは俺のほうだ」

妻とどう接したらいいのかわからない夫なんているだろうか。こんなに追いつめて泣かせる夫が必要だろうか。

「そんな……」

「卵、無事かな？」

妙に苦しくなって、俺は話を変えた。

「あっ！」

玄関に置いたままの荷物をふたりで取りに行く。袋を覗き込んだ里沙が、ふふっと笑みを漏らすので首をひねった。

「どうした？」

「卵は死守したみたいです、私」

ひとつも割れていない卵のパックを取り出して自慢げに見せてくる。その様子がおかしくて、噴き出しそうになった。

「卵より自分を死守しろ」

「ほんとですね。……しまった！　アイス買ったの忘れてた」

「それはまずい。冷凍庫！」

俺は買い物袋を持ち、白い歯を見せる彼女と一緒にキッチンに向かった。

なんだろう、これ。勝手に口元が緩んでくる。

九月も中旬に差しかかると、時折秋めいた風が吹くようになってきた。

朝食に里沙が作ってくれたサンドウィッチを食べた俺たちは、結婚式の会場となるアルカンシエルに向かった。

結婚式を行う場所や引出物等々、俺の独断で決めてきた。俺側の招待客がほとんどだというのもあるけれど、特に感情が伴っているわけではないこの式について、里沙の手を煩《わずら》わせるのも悪いと思ったからだ。

実際、決めた事項を説明しても、彼女は『それでいいです』とすべて受け入れた。

愛しあって結婚するカップルであれば、おそらく一番気持ちが盛り上がる期間だ。ふたりで式場見学に行き、あれこれ意見を言い合って、ときには喧嘩もし……そんなあたり前の光景は、残念ながら俺たちの間にはない。

ほとんどの準備が整ったのだが、里沙の衣裳合わせにはさすがに彼女に赴いてもらわなければならなかった。

俺が彼女を遠ざけてから表情が曇る日が多かったのに、今日は朝から彼女のテンションが高い。

「いっぱいあるんですよね。決められるかな……」

俺が運転する車の助手席でソワソワしている里沙は、どうやら楽しみにしているようだ。こんなことなら、結婚式についてのあれこれを一緒に進めればよかったのかもしれない。

「オーダー、間に合わなくてごめんな」

「とんでもない。サイズのお直しはしてくださるようですし、十分です」

彼女の声が弾んでいる。

「試着に行くなんて面倒じゃないのか？」

これは偽りの結婚式なのだし。

「面倒なわけないじゃないですか。花嫁衣裳は女にとってあこがれなんです。幼い頃、誰だって一度はふわふわのドレスを着たお姫さまになりたいと思うものでしょう？　それが叶うんです」

そういうものなのか。俺は幼い頃から自分の意思というものを持たせてもらえなかったから、いまいちわからない。いや、俺がドレスを纏《まと》うわけではないからか。

里沙と一緒にいると、自分に欠けている感情に気づかされる。

「あこがれなのに、こんな形になってごめん」

願いが叶うのに、その隣に立つのが俺だとは申し訳ない。

「どうして謝るんですか？　総司さんはあこがれを叶えてくれる王子さまなんですよ」

王子さまでは決してないが、彼女が白い歯を見せるので、夢を壊したわけではないのだとホッとした。

すべてが片づいたら離婚して、次は本当に好きな男の隣でドレスを着ればいい。

そんなふうに思ったものの、なぜか心臓をギュッとつかまれたように苦しくなった。

アルカンシエルの衣裳室で、里沙の目はいっそう輝いた。ずらりと並ぶ純白のウエディングドレスをいくつも手に取り、ときには難しい顔をして考え込み、ときには優しい笑みを浮かべた。

「総司さん、どっちがいいと思いますか？」

やがて候補をふたつに絞った里沙に尋ねられて悩んでしまった。ひとつはAラインのビスチェタイプ。スカート部分のバックフリルが印象的なドレスだ。もうひとつはプリンセスラインのオフショルダータイプ。こちらはふんだんに使われたレースが美しい。

どっちがいいかと尋ねられても、とっさに答えられない。なぜなら、どちらもきっと似合うからだ。

里沙の魅力をより引き立てるのは……。

ドレスをじっと見つめたままなにも言わずにしばらく考えていると、女性スタッフが口を開いた。

「真剣に悩んでくださる素敵な旦那さまですね。衣裳合わせが面倒で『どっちでもいいから早く決めてくれ』なんて言う方もいらっしゃるんですよ。それで喧嘩になってしまったり……」

素敵な旦那さま？

断じてそのような存在ではないのに。ことあるごとに彼女を傷つけ、結婚を復讐に利用するような最低の男だろう？

そんなふうに思っていると、はにかむ里沙が口を開く。

「そうなんです。未熟な私を受け入れてくれる、とっても素敵な旦那さまなんです」

里沙の言葉に耳を疑い、まじまじと彼女を見てしまった。

勘違いするな。彼女は仲睦まじい夫婦の振りをしているだけだ。

そう自分を戒《いまし》めたけれど、彼女の表情がとても柔らかくて、そして本当にうれしそうで、本心だったのではないかなんて淡い期待を抱いてしまう。

ああ、どうしてこの結婚は契約なんだ。

ふとそんな気持ちが湧いてきてハッとした。

まさか俺……里沙に本気になってしまったのか？　彼女は復讐という同じ目的を持ったパートナーであって、恋愛感情なんて……。

「二着ともご試着いただいてお決めになってはいかがでしょう？　カラードレスも候補を絞りましょうか」

スタッフがにこやかに言うと、里沙はうれしそうに目を細めている。

「……総司さん、時間がかかってごめんなさい」

自分の気持ちがわからなくなり放心していたからか、里沙は少し不安げに謝ってくる。

「まったく問題ない。せっかくだから、とことん悩んで一番似合うのを見つけよう」

そう返すと、彼女は安心したようにうなずいた。

夫婦になってからこれほど楽しそうな里沙を見たのは初めてだった。

カラードレスが並ぶスペースに移ると、光沢のあるサテンの生地を惜しげもなく使ったロイヤルブルーのドレスに目が釘付けになる。

彼女もそのドレスが気になったようで真っ先に近づいていき、「これにします」と興奮気味に即決した。ウエディングドレスはあれほど悩んでいたのにびっくりだ。

でも、ビビッときたのだろう。しかも俺と同じドレスを選んだのがうれしくて、俺まで気持ちが高揚していく。

その後、ウエディングドレスを試着した彼女を見て、なぜか幸福感に包まれた。

「よく似合ってる」

ビスチェタイプのウエディングドレスを纏った彼女をひと目見て、自然とそんな言葉がこぼれる。すると里沙は、照れくさそうに微笑んだ。

「やっぱり、こっちがいいかも」

「うん。そうしよう」

賛成すると、ふと真顔になった彼女が俺の目をまっすぐに見つめてくる。

「総司さん」

「ん？」

「夢を叶えてくれて、ありがとうございます」

「俺はなにも……」

瞳が少し潤んでいるのは、きっと両親や祖父に花嫁姿を見せたかったからに違いない。

それなのに俺は、優しい心を持つ彼女を復讐のために利用するのだ。

夫としては完全に失格。でも、もし彼女がこの先もずっと一緒にいてくれたら……。

そんな幻想を抱いたけれど、あまりにも身勝手だとすぐに打ち消した。

その日をきっかけに、さらに会話が増えた。といっても、里沙の話に俺が乗るだけなのだが。けれども、その何気ない日常がとても心地いい。

仕事は相変わらず忙しかったが、里沙と過ごす時間が俺を癒してくれた。

ドレスの試着から、あっという間に約一カ月半。明日はいよいよ結婚式本番だ。

夕飯を食べたあと、里沙が口を開いた。

「実は浜野さんに教えてもらったスイーツを買ってきたんですけど、食後のデザートにどうですか？」

「浜野さん？」

彼とスイーツが結びつかなくて首をひねる。

「浜野さん、スイーツ好きなんですよ。奥さんの影響らしいんですけど、すごく詳しくて」

奥さんの影響か。

結婚したらそうやって互いの趣味や好みを知り、共有しながら生きていくものなんだろうな。

　俺も里沙のことをもっと知りたい。

「浜野さんがスイーツねぇ。似合わない」

「ふふ。意外ですよね」

　目を細めて笑う里沙が、リラックスした表情を見せてくれるのがうれしい。

「それで今日のスイーツは？」

「桃のゼリーなんです。シャンパンを使った大人の味らしいですから、総司さんも食べられると思って」

　里沙が冷蔵庫から出してきたのは、涼しげなガラスの器に美しく飾られた桃のゼリーだ。

「それじゃあ、里沙は砂糖がいるだろ？」

「さすがにいりませんよ」

　彼女がおかしそうに肩を震わせると、俺も自然と笑みがこぼれる。

　里沙は席に戻って、俺にもゼリーを差し出した。

「今日、文則さんに呼び出されていましたよね」

「そうだな」

気づいていたのか。兄から内線電話が入ったと言伝《ことづて》されて、すぐに出ていったからかもしれない。

兄と話した日は、一日中気分が悪い。常に立場が上だと思っている彼は、俺が少しでも反論しようものなら『お前は黙って言うことを聞いておけばいいんだ』のひと言で終わらせるからだ。

今日も、例の都市開発の件でなかなか購入許可を出さない俺にしびれを切らし、すぐに書類を通せとすごまれた。

俺を踏み台くらいにしか思っていない彼と言い争っても無駄なのは、今までの経験でよくわかっている。そのため『承知しました』と嘘の返事をして部署に戻ってきた。

もちろん、それからも許可は出していない。

「兄は土地買収がはかどっていないせいでイライラしているんだ」

「そうでしたか。それで八つ当たりされたんですね」

俺と兄との会話を聞いたことがある里沙は、顔をしかめながら話す。

「大したことじゃない」

「腹が立つときは、甘いものを食べて幸せな気持ちに浸るんです。そうすると、ちょっと浮上できますよ」

もしかして、浜野さんに聞いたのがきっかけではなく、兄に呼び出されたのを見てこのスイーツを買ってきたのか？

「里沙、あの……」

「あ、でもそれは私の話か。総司さんはブランデーがよかったですよね。用意しますね」

彼女が席を立とうとするので腕を握って止めた。

「いや、これがいい。甘いものも悪くない」

「ほんとに？　それじゃあ一緒に食べて、明日の式を成功させましょう」

「ああ」

俺が少し意見を肯定するだけで、里沙の目は途端に輝き始める。

ゼリーを口に入れると、冷たくて甘酸っぱい桃の味のあとにシャンパンの風味が口の中に広がってなかなかうまい。

「うまいね」

「本当ですか？」

里沙のためには距離を取ったほうがいいのに、もっと近づきたいという欲求を抑えられなくなっている。彼女の笑顔が見たくてたまらないのだ。

自分の感情がこれほどコントロールできなくなるなんて初めての経験だった。

用地買収がはかどらず、兄が明らかにいら立っている中で俺たちの結婚式は行われた。

ホテル・アルカンシエルの控室で準備を終えた里沙と対面して、その美しさに心が震えた。もうすでにドレス姿を見ているというのに、やはり本番は違う。いっそう輝いて見えた。

いつも下ろしている髪はアップに整えられていて、花々を散らばせてある。その細く白い首筋に唇を押しつけたくなる俺は、少しおかしいのかもしれない。

抱きしめたい。そんな衝動を抑えるのに必死になりながら、恥ずかしそうにうつむく彼女に歩み寄る。

「里沙」

声をかけるとようやく彼女は視線を上げた。

「本当にきれいだ」

こんなに素直に自分の気持ちを吐き出したことがあっただろうか。勝手にあふれてくる。

「あ、ありがとうございます」

照れているのか視線を外して答える里沙の耳がほんのり赤く染まった。

「緊張してる？」

こころなしか表情が硬い彼女に問いかけると、小さくうなずく。

無理もない。招待客はかなりの数に及び、しかもその大半が投資家仲間。永遠を誓う儀式ではなく、復讐のための重要なステップなのだから。

けれど俺は、純粋にこの美しい花嫁を招待客にお披露目したい。彼女が俺の妻だと知らしめたい。

自分がこんなふうに思うなんて意外だ。

俺は手を伸ばして彼女の頬に触れた。すると里沙は驚いたように目を見開いている。

「里沙は俺の隣で笑っているだけでいい。お前は俺の自慢の妻だよ」

「総司さん……」

「式の間は全部俺に任せて。里沙はこの美しさを招待客に見せつければいい」

「美しさだなんて……」

彼女は恐縮しているけれど、自己評価が低すぎる。最高の花嫁だと断言できる。

「里沙」

もう一度名を呼ぶと、視線が絡まり合った。永遠に俺だけの里沙でいてくれたらいいのに。

俺は……彼女を本気で好きになってしまったんだ。

「お前は俺の自慢の妻だ」

もう一度繰り返すと、ようやく彼女の顔に笑みが広がった。

控室では緊張で指先が震えていたくせして、教会で俺の腕をとった彼女は、参列者を前に堂々たる笑みを浮かべる。貫禄すらあるその様子に、頼もしさを感じずにはいられなかった。

里沙はこの挙式、披露宴の意味を理解し、必死に幸せな妻を演じているのだ。

大聖堂の祭壇でこの日のために準備した結婚指輪を交換したあとは、誓いのキス。キスをする振りにとどめようと思っていたものの、多くの招待客の視線が集まりそうもいかない雰囲気だ。なにより、俺たちの間に愛がないことを勘づかれてはまずい。

『ごめんな』

俺は心の中で謝ってからベールを上げた。すると里沙の瞳が潤んでいるので目を瞠《みは》る。

好きでもない男との口づけなんて、泣きたいほど嫌に決まっている。ほんの少し触れるだけで離れるから、我慢してくれ。

声に出さず言い訳をしながら、彼女の両肩に手を置いて顔を近づけていく。

しかし唇が触れた瞬間、里沙が俺の腕を強くつかんできたため、思わず肩を引き寄せて、しっかりキスをしてしまった。

彼女の瞳からほろりと涙がこぼれ落ちる。

俺は……完全に里沙に惹かれている。彼女との初めてのキスがうれしくて仕方がないのだから。

離れると、恥ずかしそうにはにかむ姿が目に飛び込んでくる。

その姿を見て、嫌がって泣いたわけではないのかもしれないと都合のよい解釈をした。

浮かれている場合じゃない。本番はこれからだ。

滞りなく式が終わると、次の支度に走る。

「里沙。さっきはキスしてごめん」

彼女が控室に入る前に小声で謝ると、大きく首を横に振っている。

「夫婦なんですから当然です。私、なんだか感極まってしまって……」

それで涙を流したのか。

ドレスを纏うのが幼い頃からの夢だと話していたが、挙式もそうだったのかもしれない。

自分の推測が間違いではなかったとわかりホッとしたのと同時に、胸が痛くもなった。

それほど感情が高ぶる儀式だというのに、夫役が俺だなんてやはり申し訳ない。心から愛する人とバージンロードを歩きたかったのだろう。

「新婦さま、お時間が」

「すみません、すぐ」

介添人に促された里沙は、バタバタと控室に駆け込んでいった。

晴れの日のはずなのに盛大なため息が漏れる。

父と兄を引きずり下ろすこと以外は二の次で、互いを利用しようと結婚を持ちかけた俺の頭の中は、勝負の日の今日ですら里沙でいっぱいだ。

父や兄ももちろん参列しているが、ふたりのことを気にかける余裕もない。

「新郎さまもお着替えを」

「わかりました」

黒のタキシードからグレーのフロックコートに着替えた俺は、里沙より一足早く控室を出た。すると、ドアの外に岩波さんがいた。お腹が目立つようになってきた菜々子さんも一緒だ。

「今日はありがとうございます」

「総司じゃなくて里沙さんを見に来ただけだから。きれいだったな」

菜々子さんと顔を見合わせる彼から、『うちの菜々子もきれいだけどな』という心の声が聞こえてきそうなほど、妻にべた惚れだ。

「本当に素敵でした。ドレス姿がとっても優雅で。もともと里沙さんが持つオーラみたいなものもあるんでしょうね」

震えるほど緊張していた里沙だけど、教会に一歩足を踏み入れたあとの堂々としたたたずまいは、招待客の目を引いていた。

「ありがとうございます」

「総司」

にこやかな表情から一転、真剣な顔をする岩波さんが俺の耳元で話しだす。

「何人かに噂は広めておいた。おそらく、披露宴が終わるまでにはほとんどの投資家が知るだろう」

「助かります」

そろそろプロジェクトが公になる。招待客に一刻も早く値上がりしそうな売り物件や土地に気づいてもらわなければならない。そのため、岩波さんにそれとなくあの都市計画の噂を流してもらったのだ。

「そういえばさっき、文則さんが挨拶に来たよ」

「兄が？」

岩波さんはあのプロジェクトにとって重要な駅前の五階建ての賃貸マンションを一棟、すでに手に入れてくれている。売却してほしいという相談だろうか。

「朔也さんったら、『先日来られたのは秋月アーキテクトの方だったんですか。売る気がないので門前払いしてしまってすみません』なんて言うから冷や冷やしたのよ」

菜々子さんが顔をしかめて言う。

やはりすでに接触を試みているのか。兄も侮《あなど》れない。

「申し訳ないです」

「いや、久々にワクワクしてる。これは金のためというより、正義のためだ。おじいさんの信念を貫け。秋月アーキテクトが悪徳デベロッパーになるか優良企業になるかは、総司の肩にかかってるんだ。頑張れよ」

岩波さんは俺の肩をトンと叩いてから去っていった。

彼がここまでしてくれるのは、俺が社会人になりたてでズタボロだった頃に出会った人だからだ。

当時、俺は学生のうちに大金を稼いだせいで不動産王だとか持ち上げられたものの、ずっと虚しさがあった。

他人の話を聞き、そして学び、ひたすら努力を重ねれば、不動産投資家として世界を股にかけるのも夢ではないだろう。しかし、金が入ってくればくるほど、言い知れない虚しさに襲われておかしくなりそうだった。

そんな俺を見て岩波さんが、『総司が欲しいものは、金じゃないんだろうな』とぽつりと言うので、不覚にも涙を流してしまった。その通り、だったから。

それから俺は自分の過去も復讐心もすべて打ち明けた。そんな俺を岩波さんは『総司の好きなようにやってみればいい。ただし、お前が傷つくなら俺は止める』と丸ごと包み込んでくれたのだ。

でも、里沙との結婚に愛がないのは知らない。

背後がざわつきだしたので振り返ると、ロイヤルブルーのカラードレスに着替えた里沙が介添人とともにこちらに向かって歩いてくるのが見える。

ホテルの宿泊客や従業員も足を止めて注目していて緊張しているだろうに、その表情は意外にも穏やかだった。

「里沙」

歩み寄ると、彼女は少し恥ずかしそうに微笑んだ。

「きれいだ。うん……本当に」

たとえこの結婚が愛のない契約でも、彼女の夫になれたことを誇りに思う。

「ありがとうございます。総司さんの妻があんな人かとがっかりされていないか心配で」

「そんなわけない。自慢の妻だと言っただろ」

少しむきになる。お前は俺の、最高の伴侶だ。

「うれしいです」

小声でつぶやいたその言葉が、本音であればいいのに。

「そろそろお客さまが着席されました」

「わかりました」

介添人に返事をして里沙に視線を送ると、彼女は気持ちを落ち着けるためかスーッと息を吸い込んでいる。

「大丈夫だ。里沙は隣で笑っていてくれ」

披露宴では、大物投資家たちと会話を交わすことになるだろう。とはいえ、いつも通りで問題ない。

「はい。お任せします」

「うん。行こうか」

腕を出すと、彼女はそっと手をかけてきた。

披露宴の段取りを昨日何度も確認していた彼女。真面目な一面が垣間見えて心が和んだのだが、今日は俺たちの計画にとって大切なチャンスの日でもあるのだから当然なのかもしれない。

このホテルで一番大きな宴会場に足を踏み入れると、二百八十名ほどの招待客から盛大な拍手が湧き起こる。

ドレス姿の里沙の歩調に合わせてゆっくり進み、白を中心とした花々で飾られたメインテーブルにたどり着いた。

ふたりで息を合わせて頭を下げたあと、席に座る。

今日は両親への挨拶を省略してもらっている。里沙にその存在がいないというのもあるけれど、俺自身、父への感謝の言葉などなにもないからだ。おそらく父も、俺への祝福の気持ちなど少しも持っていない。

披露宴は着々と進行していく。里沙がお色直しを一回だけにとどめたのは、その時間を招待客との交流に使うべきだと考えたかららしい。

食事をとりながらの歓談の間に、何人かの投資家仲間が言葉をかけに来てくれた。

結婚祝いのあとに「秋月アーキテクトは絶好調のようですね」と付け足した投資家は、岩波さんが流した噂を耳にしたに違いない。

「はい。ありがとうございます」

俺が笑顔を作ってお礼を言うと、里沙もにこやかに微笑んで軽く会釈をする。

かわいがってもらっている大物投資家、山崎《やまざき》さんのテーブルには、里沙を伴って挨拶に行った。

「秋月くん、おめでとう。きれいな奥さんもらって。君の弱点は独り身だということだけだったんだが、これで完璧になったなぁ」

白髪の山崎さんはたしか六十八歳。年齢を感じさせないエネルギッシュな姿は、今でも常にリサーチを怠らず積極的に投資を行い、回収しているから保たれているのだろう。最近も、購入して五年ほど所有したマンション一棟を売却して、トータルで二億弱の利益を上げたとか。

「完璧とは程遠いですが、山崎さんには本当にお世話になりました」

彼にもたくさんノウハウを教えてもらった。結婚したほうが信頼されると盛んに話していたのも山崎さんだ。

「妻の里沙です。実は彼女も不動産投資の勉強をしていまして」

「そうか。鬼に金棒だね」

「初めまして。主人から、山崎さんの噂はかねがね聞いておりました。主人が随分助けていただいたようで、ご挨拶できて光栄です」

大勢の招待客を前にして料理に手をつけられないほど緊張していたくせして、すらすらと言葉を紡ぐ里沙は、添えた笑みまで完璧だ。

しかも、彼女から初めて〝主人〟と呼ばれて、ドキッとした。

「しっかりした方だ。さすが秋月くん、目のつけ所がいい」

山崎さんが手招きするので耳を近づける。

「あの噂は本当かね？」

岩波さんが広めた話が、彼の耳にも入ったようだ。

「私からはなんとも。ですが、山崎さんには恩返ししたいですね」

安く用地買収したい秋月アーキテクト側の俺は、ここで積極的に噂を肯定できない。

しかし、これで十分だろう。

「そうか」

目を細める山崎さんはすぐに動くはずだ。この人のすごいところは、即断即決する力。もちろん財があるのでできるのだけれど、ここと思ったらびっくりするような額の投資をするのだ。

その後も有力投資家の何人かには挨拶ができて、目的は果たせたように思う。

年中積極的に投資物件を探している人たちばかりではないが、確実に価値が上がる物件を見て見ぬ振りはできないはず。

長く感じた披露宴を滞りなく終えて招待客を見送ると、父と兄がやってきた。

「本日はありがとうございました」

「ああ。大物投資家が多くて驚いたよ。お前にあれほどの人脈があるとは。なにかいい情報はないのか？」

父がいきなり仕事の話を始めるのでうんざりだ。曲がりなりにも息子の結婚式だというのに。

「いえ、特には」

不愉快は胸にとどめて、笑顔でごまかす。

「いい物件を売りに出しそうならうちが買う。アンテナを張っておけ」

父は里沙を視界にも入れずに言い放つ。こういう人だとわかってはいたが、妻を侮辱されたようではらわたが煮えくりかえった。

けれど、父はまだ俺が寝返ると気づいていない。余計な発言は控えておいたほうがいい。

「期待しているぞ」

父は〝絶対だ〟と言わんばかりの言葉をぶつけてくる。

出しゃばるなと何度俺をコケにしてきたんだ。今さらだ。

怒りが爆発しそうになったものの、隣の里沙がまるで俺の心の中を読んだかのようにそっと腕を握ってくるので笑顔でいられた。

ずっと俺たちに怪訝《けげん》な視線を向けていた兄は、父が先に去ると口を開く。

「お前、こんなに投資家を招待して、なんかたくらんでないだろうな」

「たくらむ？　兄さんのように賢くない私になにができるというのですか？」

蔑まれ、常に日陰で隠れているようにと強制されてきた反発心で、不動産関連についてはかなり学んできたつもりだ。正直、兄の能力に劣っている気はしないものの、あえてそう伝える。

「そうか。お前は俺の言うことに従っておけばいい」

そう吐き捨てて去っていく。

ふざけるな。

そんなひと言が口から飛び出しそうになったけれど、ぐっとこらえた。

すぐに屈辱を味わわせてやる。

岩波さんは『正義のため』という言い方をしてくれたが、これは俺のただの復讐だ。

やはり里沙を巻き込んだのは間違いだった。

遠くなっていく兄の背中を見ながらそんなことを考えていると、里沙の手に力がこもった。

「総司さん」

「ん？」

彼女に視線を移すと、うっすら涙を浮かべている。

今度はどうしたんだ？

「私はそばにいますから。総司さんが私をいらなくなるまではずっと」

そうか。今のやり取りを聞いて心を痛めたのか。

おそらく結婚の挨拶に行ったときに父の素っ気なさには気づいただろうが、我が家の複雑な関係をまだ打ち明けてはいないので、父と兄の態度は衝撃だったかもしれない。

それにしても、今の言葉は胸にぐっときた。

「いらなくなんてならない」

「えっ？」

「俺は里沙と――」

一生一緒にいたい。本物の夫婦になりたい。

そんな想いがあふれそうになったものの、その先は言えなかった。

「里沙」

そのとき、里沙の名を呼ぶ男性が視界に入った。彼に気づいた里沙は、目を丸くしている。

「毅《たけし》くん？」

がっしりとしたスポーツマン体型で、短髪のさわやかな男性は、ジャケットを片手に駆けてくる。

今日の式には彼女の高校時代の友人、三人に出席してもらった。親族がいない上、学校でも施設で暮らす彼女に近づくクラスメイトはあまりいなかったようで、友人はそれだけだ。けれど、男友達がいたとはひと言も聞いていない。

「よかった。間に合って……ないか」

彼の額に浮かぶ汗が、急いできたことを物語っていた。

「ワシントンだったんじゃないの？」

「そうだけど、結婚すると聞いて来ないわけにいかないだろ？　もっと早く、ちゃんと招待してくれれば、そうしたら仕事の調整できたのに」

「ごめんなさい。来るわけないと思って……」

どうやら海外から駆けつけてきたらしいこの男は、里沙とかなり親しいようだ。

「総司さん。こちら、祖父の家の隣に住んでいてなにかと面倒を見てくれた曽根《そね》毅さんです。三谷商事《みたにしょうじ》のワシントン支社に勤めていて、私よりふたつ年上の——二十六歳で合ってたっけ？」

「そうそう、正解」

ふたりが軽快に会話を交わすのを目の当たりにして、なぜか胸がチクチク痛む。

「曽根さんですね。はじめまして。里沙の夫の秋月総司です」

口角を上げて自己紹介をすると、曽根さんの眉間に深いしわが寄る。

「秋月？」

を荒らげる。

「まさか、秋月アーキテクトの秋月さんじゃないでしょうね!?」

里沙に会えてうれしくてたまらないという表情だった彼は、一転眉をつり上げて声を荒らげる。


「毅くん、その話はあとで――」

「毅くん、だからそれはあとで」

里沙が曽根さんの体を押して遠ざけようとする。

おそらくあの都市開発で、曽根家も用地買収の対象だったはずだ。無理やり土地や家屋を手放したのであれば恨んでいてもおかしくない。

「そうです、秋月アーキテクトに勤めております」

「なんで」

里沙に視線を移した彼は、信じられないといった様子で顔をしかめる。

「総司さんは上司なの。とても素敵な人で……」

「だから、秋月で働くのは反対だったんだ。忘れたのか?」

祖父が亡くなり、里沙が施設に引き取られたのを目の前で見ていたのだろう。悔しさをにじませる彼は、唇を噛みしめた。

「忘れてなんかない。だから……。ううん、心配してくれてありがとう。でも私、幸せなの」

本当は、『だから……復讐のために結婚したの』と言いたかったはずだ。本物の夫婦になりたいなどと口走らなくてよかった。

「そう、か」

納得がいかない様子の彼は、俺に鋭い視線を向ける。

「突然すみませんでした。少し驚いてしまいまして」

落ち着きを取り戻した曽根さんは、紳士的な人のようだ。内心嫌だろうに、頭を下げてくれる。

「とんでもない。わざわざワシントンから来てくださったんですね。正式にご招待すべきでした。申し訳ありません」

俺も頭を垂れると、里沙が慌てる。

「私が招待客リストに上げなかったから悪いんです。着替えなくちゃ。毅くん、いつまで日本に？」

「一週間、休暇を取ってきた」

「それじゃあ連絡するから。総司さん、すみません。行きましょう」

介添人が待ち構えているのに気づいた里沙が気を使った。

「あっ、待て」

里沙とふたりで控室に行こうとすると、曽根さんに止められる。

「里沙、写真くらい撮らせてくれよ」

彼はホテルの人にスマホを渡して、写真撮影を了解した里沙の腰をあたり前のように抱く。そしてぴったりとくっついて写真に収まった。

「サンキュ。馬子《まご》にも衣裳だな」

「おかしいから、それ」

妻に堂々と触れられた上、息の合ったところを見せつけられ、いら立ちを隠せない。

「里沙、行くぞ」

大人げなく里沙と彼の間に割って入った俺は、強引に彼女の手を引いてその場を離れた。

思いがけないプロポーズ

結婚式当日の土曜は、リビングの窓から見える空には雲ひとつない晴天が広がっている。私たちの未来を暗示してくれていればいいのにと願うほどのすがすがしい朝だったのに、息が吸えていない気がするほど緊張していた。

私が緊張しやすい質であるのを見抜いている総司さんは、朝食のあと砂糖のたっぷり入ったミルクティーを作ってくれた。

ソファに並んで座り、早速口に運ぶ。甘くて優しい味わいが、お腹だけでなく心にしみ渡った。

「里沙。準備は万端なんだ。せっかくドレスを着るんだから楽しんで、食事を堪能すればいい」

総司さんは私の緊張をほぐそうと声をかけてくれる。

彼と一緒に選んだドレスを纏うのはとても楽しみだ。でも、どうしても料理が喉を通る気がしない。

「……はい」

弱々しく返事をすると、いきなり腰を抱かれてビクッとしてしまった。

彼に『足手まといだ』と冷たく拒否されて、かなりショックだった。自分の力のなさはもちろんのこと、自分は本当にただのお飾りの妻なのだと突きつけられたようで苦しかったのだ。

しばらくは彼の顔を見るのもつらかったが、冷静に考えると、あんな強い言葉で拒絶したのは全部私のためだったんじゃないかと思えてきた。

あのとき、彼は『里沙はこれ以上の汚れを知らずに生きていってほしい』と口にした。〝足手まとい〟という言葉が強烈すぎて素直に受け取れなかったけれど、もしかしたら復讐なんていう醜い行為に手を染めさせたくなかったのではないかと感じたのだ。もちろん本音はどうかわからないけれど、そう思いたかった。

もし総司さんが本気でそう考えてくれているのであれば、任せてしまいたいという気持ちもくすぶっている。

本当は疲れていたのだ。祖父を亡くしてから、復讐だけが私の心の支えだった。けれども、憎しみの炎を燃やし続けるというのは思いのほか力が必要で、必死の思いで潜り込んだ秋月アーキテクトからも本当は逃げ出したいくらい、心がクタクタだった。

少し休んでもいいだろうか。総司さんの隣で、遠い昔に失ってしまった家族の温もりに浸っていたい。

それに総司さんの『泣きたければ泣けばいい。我慢するより、感情をあらわにしているほうが安心する』という発言が私の張り詰めていた気持ちを緩めてくれた。強がらなくてもいいんだと思えたのだ。

「すべてうまくいく」

彼は紅茶をひと口飲んでからそう言った。それはまるで、自分にもそう言い聞かせているように聞こえた。

結婚式は無事に終わった。

緊張はもちろんあったものの、総司さんの妻として隣にいられたのは幸せだった。

なんとか招待客をお見送りできてホッとしていたのに、社長と文則さんがあまりに冷たい言葉を総司さんに向けるので、いたたまれなくなった。

総司さんがどうして社長や文則さんに憎悪の感情を募らせているのか、本当のところは知らない。多くを語ろうとしない彼に偽りの妻が根ほり葉ほり聞くのもはばかられて、結局聞けていないのだ。

ただ、こんな晴れの日まで祝福の言葉ひとつないふたりを見て、とても家族だとは思えなかった。

私は早くに家族を失いはしたけれど、それまでは日だまりのような心地よい温かさに包まれて生きてきた。幼少の頃からこんな態度を取られてきたのだとしたら、つらかったに違いない。

『私はそばにいますから。総司さんが私をいらなくなるまではずっと』

だからか、そんな言葉が口から飛び出していた。私は家族が欲しかったけれど、もしかしたら彼もそれに似た気持ちがあるのではないかと思ったからだ。

それにしても、『いらなくなんてならない』という返事はどういう意味だったのだろう。社長のイスに座るまではまだ時間がかかるということだろうか。

そんなことを考えていると、思わぬ人が姿を見せた。

祖父の家に引き取られてから、なにかと親切にしてくれた毅くんだ。彼は私が施設に入ってからも、心配して何度も手紙をくれた。

今でも時々連絡を取り合う仲なのだが、結婚のことは言いだせずにいた。

秋月と聞けば、秋月アーキテクトにつながるからだ。就職する際も強く反対されたが押しきって今がある。それなのにその御曹司と結婚なんて、あきれかえる姿が目に浮かんだのだ。

とはいえ、まったく知らせないのも気が引けて、挙式の三日前に相手は伏せて【結婚します】とメールを送った。まさか、駆けつけてくるとは思いもせずに。

総司さんが秋月家の人間だと気づいた彼は、やはり怒りをむき出しにした。それでもその場で契約結婚だとは当然明かせず、夜になってから改めて連絡をして会う約束を取りつけた。


結婚式翌日のお昼少し前。天気が崩れてきて、薄い雲が空一面に広がりだした頃、総司さんに「出かけてきます」とだけ伝えて家を出た。おそらく毅くんに会うと気づいているが、なにも言わずに送り出してくれた。

待ち合わせのレストランに行くとすでに毅くんは来ていて、私を見るなり顔をしかめた。

「里沙、どういうことだ？」

「心配かけてごめん」

「とにかく座れ」

窓際の席に座ると、隣の公園のナラの木が青々と葉を茂らせているのが見える。都会の真ん中にこんな空間があるとは知らなかった。

祖父の家の近くにもどんぐりが拾える公園があり、よく毅くんと一緒に遊びに行ったのを思い出した。今は、五階建てのマンションが建っている。

「昼飯まだだろ？　なに食べる？　ハンバーグ？」

私がハンバーグ好きだったのを覚えているようだ。母の作ったチーズインハンバーグが大好物だったのだが、祖父はうまく作れないからとファミリーレストランで食べさせてくれた。

毅くんと一緒にいると過去の記憶が次々とよみがえってくる。

「そうだね、ハンバーグにする」

「それじゃ、俺も」

軽く手を上げて店員を呼んだ彼は、注文を済ませたあと、コップの水に手を伸ばした。

「結婚式、来てくれてありがとう」

とにかくアメリカから駆けつけてくれたお礼をと思い頭を下げる。

「お前さぁ、三日後に結婚しますって、ありえないだろ」

「ごめんなさい」

相手が総司さんでなく、しかも愛で結ばれた男性との結婚であれば、間違いなく招待していた。今でこそ連絡を取る回数は減っているものの、頼れる人を亡くした私の唯一の相談相手だったからだ。

「しかも秋月さんって」

ふぅ、と大きなため息をつく彼の気持ちがわからないではない。私だって復讐のためでなければ絶対にしなかった。

「いろいろ事情があって……。でも総司さんは、あの件にはかかわってないの。彼はまだ学生だったから」

「そうかもしれないけど、秋月家の人間には変わりない。じいちゃんを殺したやつらじゃないか！」

「毅くん」

物騒な発言を慌てて止める。

私も祖父は殺されたと思っている。けれど、死因は心筋梗塞。直接手を下されたわけではないのだから、どう訴えても認められない。

「すまん。俺、頭の中ぐちゃぐちゃなんだ」

頭を抱える彼に、どれだけ心配させているかを思い知った。

「……総司さん、社長やお兄さんとあまり仲がよくないの」

「だからって！」

「毅くんの言いたいことはよくわかる。私だって、おじいちゃんを追いつめた秋月アーキテクトを許したわけじゃないし、今でも潰したいと思ってる」

秋月アーキテクトに就職が決まったとき、強引な土地買収の証拠をつかみたいから近づくのだと彼を説得した。それでも納得いかない様子でギリギリまで反対し続けていたけれど、入社してしまったのであきらめたという感じなのだ。

時々様子伺いのメールが入るのはそんな私を心配してのことだとわかっているし、感謝している。

「お前まさか……結婚まで使って復讐しようと――」

「違う」

いや、違わない。あのプロジェクトを指揮した文則さんや社長に一矢報いることができるなら、結婚だって喜んで利用する。

そもそも総司さんとタッグを組んだのは、思惑が一致したから。自分ではなにもできない状況に悶々《もんもん》としていたところに結婚の提案があり、これしかないと乗ったのだ。だから、毅くんの言う通りだけど、肯定したらますます心配をかけることになる。

「里沙。お前、本当に幸せなのか？」

毅くんは私の目をまっすぐに見つめて問う。嘘は許さないというような強い意志を感じさせる視線にたじろぎそうになったけれど、うなずいた。

「わかんねぇよ」

今にも怒りが爆発しそうな彼を見て、申し訳なく思う。

いつか目的を果たしたら、総司さんとはきれいさっぱり別れて、今度こそ平穏な人生を歩くつもりだった。

でも私……総司さんにいらなくなるまでは隣にいると約束した。

都市開発のプロジェクトがとん挫して、社長や文則さんが失脚したら、総司さんと別れられる？　もうお別れだと言われて、わかりましたと笑顔で了承できる？

そんなの嫌だ。

総司さんがときに冷たい態度をとるのは、おそらく私のため。私を秋月家のいざこざに巻き込みたくないという気持ちを感じるし、悔しい私の胸の内も理解していて、代わりに無念を晴らそうとしてくれている気がしてならない。

本当はとびきり優しい人なのだ。

心の中でそんな思いが大きくなっていく。

私、総司さんを好きになってしまったんだ。

「ごめんなさい」

この複雑な気持ちをとても説明できそうになく、しかも総司さんがしようとしていることを明かすこともできず、今はそれしか言えない。

ハンバーグが運ばれてきたので、一旦話は中断した。重苦しい空気が流れていたので助かった。

「日本のレストランはうまいよな」

ハンバーグを口に入れた彼が、しみじみと話す。

「アメリカはおいしくないの？」

「うーん。すごいビッグサイズが出てくるけど、味付けが大雑把というか。恋しくなるよね、日本食が」

「そっか」

たしかに以前、ステーキの写真が送られてきたけれど、とてもひとりでは食べきれそうにないと思った。

「里沙の手料理が食いたくなる」

「私の？　あんなものでよければいつでも作るよ」

一年半前、二年間の約束で彼のワシントン行きが決まり、日本を発つ前に送別会をしようと話したら、手料理が食べたいと言われて家に招いて振る舞った。あのときはたしか、いなり寿司をたくさん作ったっけ。

「お前、それ本気で言ってる？」

険しい顔をした彼に問われて、手が止まる。

そうか。毅くんは幼なじみといっても男性なのだ。総司さんの妻となった私がそんな発言をするのは不謹慎なのか。

「ごめん」

「あのとき、強引にでも……」

彼は悔しそうに唇を噛みしめる。

その続きはなに？

「いや、食うぞ。今日は腹いっぱい食う。あとでなんか追加しよう」

彼は気分を変えるように仕切り直して、再び食べ始めた。

「ワシントンの生活はどう？」

「なかなか快適だよ。マンションはちょっと古いけど広くて、目の前に芝生広場があるんだ。休日になると、親子連れでいっぱいになる。あこがれるんだよね、ああいうの」

その光景を思い出しているのか、優しい表情で語る彼は私を見つめる。その視線が熱っぽく感じられるのは気のせいだろうか。

「子供、好きなんだね」

「自分の子は欲しくなるだろ？」

私も子供は好きだ。でも、これまでは目の前のことで精いっぱいで、結婚もその先についても考えもしなかった。

総司さんと結婚したところで、仮面夫婦なのだからそんな話をしたこともない。

「そうだね」

だから私は曖昧に相槌を打った。

「毅くん、結婚は？」

一流商社に勤めていて、見た目も申し分ない。なおかつ優しくて、面倒見もいい。周りの女性が放っておかないと思う。

「するつもりだった」

そういう相手がいたのか。

でも、結婚しなかったということ？

「だけど、海外赴任が決まって躊躇した。ついてこいといっても来ないだろうなと。

だから日本に帰ってきたらプロポーズするつもりで、がむしゃらに働いてたんだ。あと半年だったのに……」

彼は言葉を濁してしばらく黙り込む。そして、意を決したかのようにキリリとした表情で続けた。

「俺が一番近い存在だと思ってたのに、結婚したとか言いだして」

その瞬間、心臓がすさまじい勢いで打ち始める。

まさか……私？　違うよね。そんな素振りなかったよね。

愕然としていると、彼は大きく息を吸い込んでから再び話し始めた。

「散々な目に遭ってるのに歯を食いしばって耐えて、じいちゃんの無念を晴らしたいからって不動産投資まで勉強して。挙げ句、秋月アーキテクトにまで入社して。お前、強いのに弱いんだよ」

やっぱり、私のことだったんだ……。

そんなふうに思ってもらえているとは知らず、とっさに言葉が出てこない。

でも、強いのに弱いってどういう意味？

「行動力にはびっくりだし、敵陣にひとりで乗り込んでいくなんて俺には真似できない。だけど、会うたびにどこか寂しげで泣きそうな顔をしてた。泣けばいいのにと思っても泣かないんだけど」

そういえば総司さんにも『泣きたければ泣けばいい』と言われた。そんな泣きそうな顔はしていないつもりなのに。

「そんなの見てたら、守ってやらないと、と思うじゃないか」

「毅くん……」

「どうして、アメリカに連れていかなかったんだろう。あのとき無理やりにでも会社を辞めさせて、連れていくべきだった」

テーブルの上の手をきつく握る彼は、悔しそうに吐露《とろ》した。

彼が海外赴任をするタイミングでプロポーズされていたら、受けていただろうか。

毅くんは頼りになるし、数えきれないほど助けてもらった。ただ、兄のようには思っていたけれど、男性として意識したことはなかった。

勝手だけど……家族のような存在だったのだ。

「ごめん。今さらだよな」

前髪をかき上げて凛々しい眉を寄せる彼に、なんと言えばいいのだろう。

毅くんを傷つけてしまった。ずっと味方でいてくれた彼を。

でも、もう私の気持ちは総司さんに向いている。いつか総司さんに別れを告げられる日が来るとしても、その日までは彼の妻でいたい。

言葉が出てこない私は、ただうつむいて時間が過ぎるのを待った。

だんまりを決め込むのがずるいとわかっていても、今は結婚した理由を明かせないし、偽りの妻のくせして総司さんを好きになってしまったとも言えない。

「言うつもりなかったんだけど、あのドレス姿があんまりきれいで、連れ去りたくなったんだよ。って、映画の見すぎか」

そんなふうに茶化してくれる毅くんはやっぱり優しい。けれど、どうしても兄のような存在だとしか思えない。

総司さんだったら、指先と指先がほんの少し触れるだけでもたちまち心臓が高鳴りだすが、毅くんにはそれがない。いなりずしを振る舞ったときも、相手が総司さんならとても家に招いたりできなかった気がする。

毅くんが〝お隣さん〟だった頃からずっと変わらず、頼もしい兄のような存在だったのだ。

「結婚祝いになんでも好きなもの頼め。いちごパフェ、いるだろ？」

「もちろん」

「待て。これ千五百円もする」

彼は顔をしかめながらも「まぁ、いっとけ」とクスクス笑った。

お腹がはちきれそうだったけれど、もちろんパフェも平らげた。毅くんの優しさが詰まっているのに残せない。

レストランを出たあとマンションまで送ると申し出てくれたのだけど、買い物に行くからと断った。都合のいいときだけ毅くんに頼ってはいけないと強く感じたからだ。

そのつもりはなかったとはいえ、私は彼を振り回してしまった。

「それじゃあ、ここで」

「毅くん、本当にありがとう」

私のために遠路はるばる駆けつけてくれたというのに、気持ちに応えられないのは心苦しい。

「ああ」

彼は大きな手で私の頭をポンポンと叩いてから背を向けた。

こうなってしまった以上、もう会えないかもしれない。そんな切なさを胸に彼の姿を見送っていると、毅くんはピタリと足を止めた。

振り返った彼は、苦しげな顔で口を開く。

「里沙。もし、じいちゃんの無念を晴らすために結婚したんだったら、もうやめろ。

そんなことして、じいちゃんが喜ぶか？　俺だって秋月アーキテクトは憎い。だけど、復讐のために里沙が自分の人生をなげうつのは見ていられない」

毅くんはそう言うと、再び私のところに戻ってくる。

「俺、土曜の十六時五十分発の便で成田《なりた》からワシントンに帰る。里沙をもう自由にしてやりたい。天国のじいちゃんには俺が謝るから、復讐のために秋月さんといるんだったら、一緒にアメリカに来い」

「毅くん……」

彼の目は真剣で、冗談を言っているようにはとても見えない。

「全部忘れて、俺といちからやり直さないか。待ってるから」

彼は優しく微笑んでから、今度こそ去っていった。

まさか結婚式の翌日に、こんな展開が待っているとは思わなかった。

空を仰ぐと、家を出た頃より雲が厚みを帯びていて、そろそろ雨がぱらついてきそうだ。

「どうしたらいい？」

天国の両親、そして祖父に問いかける。

毅くんの言う通り、もう秋月アーキテクトへの憎悪の気持ちを忘れて人生を仕切り直せたら、もっと楽に生きられるかもしれない。それに、毅くんならきっと私を幸せにしてくれるはずだ。

でも、それでいいの？　本当にすべて忘れられる？

総司さんと別れて毅くんの手を取れば、きっと穏やかな生活が保障されている。しかし、身を焦がすような強い愛情を彼に抱けるようになるだろうか。

答えが出ないまま電車に乗り込み、総司さんのマンションにたどり着いた。玄関でパンプスを脱いでいると、総司さんが部屋から出てくる。

「おかえり」

「ただいま」

彼が出迎えてくれるのは珍しい。いつも私のほうが先に帰宅する機会が多いからかも。

すぐに部屋に戻ってしまうと思いきや、彼は私をじっと見つめたまま動かない。

「どうかしましたか？」

「いや。コーヒー飲もうと思うんだけど、里沙はどう？」

食後のコーヒーをふたりで楽しむことはよくあるが、こんなふうに誘われたのは初めてだった。

コーヒーを飲むだけなのに、こんなに胸が弾む。それはきっと、もっと総司さんに近づきたいと思っているからだ。

「飲みます。淹れますね」

「俺が淹れるから、バッグを置いておいで」

「はい。お砂糖とミルクはたっぷりでお願いします」

「承知しております。奥さま」

総司さんはにこやかに笑ってリビングに向かったけれど、私はしばらくそこから動けなかった。

奥さまって……。

どうしたらあなたの本物の妻になれますか？

そう問えたら、どんなに楽だろう。

リビングからコーヒー豆を挽く音がし始めた。もうじき、プレジール自慢のコーヒーのいい香りが部屋中に広がるはずだ。

自室にバッグを置いて鏡を見る。少し風が出てきたからか髪が乱れていたので、櫛《くし》を入れた。コーヒーを飲むだけなのに、総司さんの前ではきれいでいたいという気持ちが働いてしまう。

「ねぇ、どうしたらいい？」

鏡に映る自分をじっと見つめて問いかける。

総司さんは、社長や文則さんを引きずり下ろして社長に就任したら、私から離れていく人だ。そうしたら、私はまたひとりぼっちになる。

最初からわかっていたことなのに、今はひとりになるのがとても怖い。

ここに来る前は、そんなふうに感じたことなど一度もなかった。施設を出てひとり暮らしを始めたときは、自由を得られたとうれしかったくらいなのだ。

それなら、毅くんのプロポーズを受けるべき？

今まで彼を男性として意識したことがなかったとはいえ、全幅の信頼を寄せている人には違いないし、私の過去をすべて知ったうえで受け止めると言ってくれているのだからなにも気負う必要はない。きっと幸せになれるだろう。

「十六時五十分、成田」

私は毅くんが乗る予定の飛行機の時間を手帳に書き込んだ。

それからすぐにリビングに向かった。

キッチンに立っていた総司さんは、ふと私に視線を移して微笑む。

結婚を持ちかけられたときのどこか冷酷な表情とは違う、柔らかな顔に心が和む。

いつからだろう。彼がこういう一面を見せてくれるようになったのは。

「砂糖とミルク、たっぷり入れておいた」

「ありがとうございます」

カウンター越しにコーヒーカップを受け取ろうとすると、彼の指に触れてしまった。それだけで鼓動が速まるくらいには、総司さんを意識している。

「なにか食べる？」

「いえ、お腹いっぱいで。総司さんはよかったら食べてください」

「……うん」

軽い相槌を打った彼は、なぜか一瞬表情を曇らせた。

自分のコーヒーを手にソファに座ると、彼も私の隣に来て、カップを口に持っていく。私は苦いものも熱いものも苦手なのに、大人だな……なんて、くだらないことで感心してしまう。

同じように復讐心を抱いているのに、私は感情のまま突っ走り、まともな策もない。それに対して総司さんは、きっちりと道筋をつけて社長のイスへ近づいている。

私はダメだな。本当に子供。

今まであえて社長や文則さんを蹴落とそうとする理由について聞かなかった。それは、私とは関係ない話だと思っていたからだ。しかし、今さらながらにとても気になる。だって、家族なのに。

文則さんの汚いやり方が気に食わないとか、見下すような扱いが癪《しゃく》に障るからかと思っていたけれど、それだけだろうか。それだけのことで、こんなおかしな結婚まてしてふたりを窮地に追いやろうとするだろうか。

そんなことを考えながら総司さんを見ていると、顔をこちらに向けた彼と目が合い、なんとなくそらしてしまった。

「食事をしてきたのか?」

「はい。毅くんと一緒に。土曜にアメリカに戻ってしまうみたいで」

そう言いながら毅くんの顔を思い浮かべると、『全部忘れて、俺といちからやり直さないか』と言われたときの真剣な眼差しを思い出して胸が痛む。

「随分仲がいいんだな」

「えっ?」

カップを少し乱暴にテーブルに置いた彼に驚く。

「里沙は俺の妻なんだ。周囲から誤解されるような行動は慎んでくれ」

「ごめんなさい。でも毅くんとはそんなんじゃ……」

ない、とは言えない。だってプロポーズされたも同然なのだから。

「里沙はそう思っていても、あっちはどうかわからないだろう？　結婚式の翌日にほかの男と逢引《あいびき》なんて笑えない。俺に恥をかかせないでくれ」

「ごめんな――」

「……っ、違う。そうじゃない」

また失敗をしてしまったと謝罪しようとしたものの、彼はなぜかそれを遮り、唇を噛みしめている。

総司さんのどこか困惑したような複雑な表情がなにを意味しているのだろうと思ったそのとき、彼は私に視線を移した。そらすことを許されないような、強く、そして熱い眼差しにつかまり、鼓動が勝手に速まっていく。

「違うんだ、里沙」

今度はトーンを落として冷静に言う彼にいきなり抱き寄せられて、息が止まりそうになる。

「里沙」

耳元で優しく名前を呼ばれても、とっさに返事ができない。

「俺は……」

彼はなにかを言いかけてやめてしまう。

その先は、なに？

聞きたいのに聞いてはいけないような、妙な緊張感に襲われる。

ようやく私を解放した総司さんは、右手で私の左頬に触れ、なにかを訴えるような切なげな眼差しを向けた。

触れられている部分がたちまち熱くなり、彼に聞こえていないか心配になるほど心音がうるさくなる。

「ごめん」

黙ったまましばらく私を見つめ続けた総司さんは、そんなひと言を置いてリビングを出ていった。

「なに……？」

最後に見せた、切羽詰まったような顔はなにを示しているのだろう。そして、私を抱きしめたことに、なんの意味があるの？

総司さんの言動の意味がわからない私は、彼が出ていったドアを混乱しながらしばらく見つめていた。

熱い想いが止まらない　Ｓｉｄｅ総司

結婚式は無事に終わった。岩波さんの力添えのおかげで、投資家仲間も秋月アーキテクトの事業に注目してくれたようだ。

しかしその翌日。突然現れた幼なじみに会いに行く里沙に、なぜか無性に腹が立った。親しげで、いとも簡単に里沙の頬を緩ませる彼に、強い嫉妬の念を抱いたのだ。

復讐のためにタッグを組んだだけの俺にそうした気持ちを抱く権利はなく、黙って彼女を見送るしかなかったが、帰ってきたときの里沙があまりに穏やかな顔をしていたので、必死に抑えていた気持ちが爆発してしまった。こんなふうに自分の気持ちをコントロールできなくなるなんて、情けないのひと言だ。

・

激しい雨になった木曜日。俺はいつもより早めに帰宅して、ダイニングのテーブルに大きな地図を広げた。

「おかえりなさい」

里沙が自分の部屋から出てくる。早い帰りに驚いているようだ。

曽根さんと会ったことをとがめてしまってからも、彼女は変わらず俺の前では笑顔でいてくれる。

あの日も、夜は普通にふたりで食卓を囲んだ。それができたのも、里沙が大人だから。きっと傷ついただろうに、なんでもない顔をして俺の好物を作ってくれた。

「これは？」

「今日、ここが売れたと報告があった」

もちろん、投資家仲間にだ。売却された土地を赤いペンで塗り潰す。

「もう投資が始まっているんですね」

「そうだな。もうすぐ区画整理についての住民説明会が開かれる。それまでにどれだけ押さえられるかが勝負だ」

今回の都市開発には自治体も少し絡んでいる。というのも、渋滞の激しい道路の回避路を作りたいともくろむ自治体が、秋月アーキテクトが開発する地域の都市計画道路予定地に新たな道路を整備しようとしているのだ。

その道路に関する説明会が行われると、秋月アーキテクトの都市開発も公になるはずだ。ここから用地買収が本格化するといっていい。

「ここに道が通れば、バスも走る。住民の利便性はよくなるし土地の価格もかなり上がるはずだ。持ち主は今の安い評価価格では売却しなくなってくるはずだから、兄も躍起《やっき》になるだろう」

俺は次に青いペンでいくつかの土地をマークした。これは秋月アーキテクトがすでに手に入れた物件だ。

「これ、先日通した物件ですね」

「そうだ」

秋月アーキテクトが買収するには、わが不動産投資企画部の許可がいる。上がってきた案件をすべて通さないでいると怪しまれるため、端のほうのいくつかには購入許可を出している。

「あっ、ここ」

里沙がとある赤印を指さした。

「俺が止めていた案件だ」

浜野さんにBOE分析を担当してもらい、彼女も手伝ったから知っているのだろう。もちろんOKの判定が出ているが、俺のところで止めている間に投資家仲間が先に手に入れてくれた。

「ただ、不動産投資企画部を挟むやり方に兄がしびれを切らしていて、やはり今回の買収に関しては都市開発事業部単独の判断で買収できるようにするようだ」

予想していたことだが、今日の会議でそう言い渡された。

不動産投資企画部は会社が損害を出さないように機能していて、今までも貢献してきたという自負はある。けれども、迅速に事を運びたいときは邪魔になる。

「それじゃあ……」

「全面戦争だ」

すでに見えない火花がバチバチ飛んでいる。

「文則さん、総司さんの反抗に気づいたんですか？」

「薄々な。だけど、負けるつもりはない。そのために結婚までしたんだし」

そう口にすると、里沙の眉がピクッと動く。

しまった。言いすぎた。

父や兄を潰すために結婚という手段を選んだのは事実だけれど、今は……。

「そうですね。おじいちゃんの無念を晴らさなくちゃ」

彼女は少し悲しげな表情で、しかし明るく言った。

本当は、もうそんな過去の苦しみから自由になってほしい。できることなら俺が彼女を解放してやりたい。

毅然と立ち向かう里沙だが、苦しくてたまらないように見える。

優しい彼女は、本来こんな汚い世界で復讐なんて考えるような人間ではないのだ。それなのに、自分がその役割を背負うことで、祖父の無念を晴らそうとする姿が痛々しい。

とはいえ、憎き相手側に近い存在の俺には、おいそれと手を引けなんて口にできない。

「土曜に岩波さんにもう一度会うつもりだ。里沙も行くか？」

「土曜はちょっと」

彼女がキョロッと目をそらしたのを見て思い出した。曽根さんがアメリカに帰る日だ。

もしかして、ついていくつもりなのか？

ふとそんな考えがよぎって血の気が引く。

当然互いの復讐が完了するまで夫婦でいるものだと思っていたが、彼女を縛ろうとする俺に嫌気がさして離婚を言いだしたとしても責められない。里沙は今日も笑顔で接してくれるものの、内心どう思っているかなんてわからないのだ。

曽根さんと一緒にアメリカに行ったほうが、もしかしたら里沙のためかもしれない。

きっと平穏に笑って暮らせる。

そう自分に言い聞かせたけれど、激しく心が揺れる。

すでに父や兄を引きずり下ろす算段はできている。目的だった盛大な結婚式も挙げて、投資家仲間の用地買収も進んでいる。里沙が離れていったとしても、あとは自力でなんとでもできるのに……。

無理だ。里沙がいなくなるなんて、耐えられない。

自分勝手な思考に支配され、呼吸が浅くなる。どんな難しい仕事でもこれほど動揺したことはないのに、妙な汗をかくのがわかった。

俺に行かないでくれと言う権利はない。彼女がこのまま黙って消えたとしても、その現実を受け止めるしかないのだ。

父や兄には勝てそうなのに、なんとも言えない敗北感で満たされた俺は、ため息をついた。


翌日。午前中の会議を終えると、兄に呼び出された。

空いていた会議室に入った瞬間、兄が近くにあったイスを思いきり蹴飛ばすので、おそらく投資家の動きに気づいたのだと察した。

「どうしたんですか？」

しかし素知らぬ顔で言葉を紡ぐ。

「どうしただ？　お前、なにたくらんでる。例の開発地域の土地の買い占め、お前の披露宴の出席者ばかりじゃないか！」

やはり気づいたか。でも、もう遅い。

「そうでしたか。ですが、たまたま私の友人が有能な投資家だっただけで、私は買えとはひと言も言っておりませんよ」

冷静に伝えると、兄の眉がつり上がった。

「すぐにうちに売却するよう説得しろ」

「どうして私が？　それは不動産投資企画部の仕事ではありません」

火に油を注ぐ発言だとわかっている。ただ、もっと取り乱す姿が見たいのが本音だ。

「正気か？」

「もちろんです」

笑みをつけて答える。

「なんのつもりだ。秋月アーキテクトを窮地に追い込むということは、創業者一族のお前にも悪影響があるんだぞ」

「創業者一族？　俺はただのスペアだろ？　散々コケにしておいて、今さらだ」

都合のいいことばかり口にする兄に堪忍袋の緒が切れて素で反論すると、彼はギロリとにらんでくる。

「だからか。だから開発の邪魔をしているのか。これは背任行為だ。会議にかける」

「好きなようにしろ。兄さんがやってきた汚い買収の数々を明らかにする用意がある。これだけコンプラが叫ばれている中で反社の人間と関係があるとなれば、注目を浴びるだろうな」

核心に切り込むと、兄は目を見開いて固まった。

「そんな告発をすれば、お前だって無傷では済むまい」

「無傷で済まそうなんて初めから思ってはいない」

失うものなんて最初からなにもないんだ。たとえ傷だらけになろうとも、今以下になることなんてない。

そう思ったものの、脳裏に里沙の顔がちらついて苦しくなる。

彼女の笑顔だけは失いたくない。

「裏切り者が！」

つかつかと俺のところまで歩み寄った兄は胸ぐらをつかんでくる。

「スペアはスペアらしくおとなしくしていればいいんだ。秋月家のお荷物のくせして、でかい口叩きやがって」

「スペアにもプライドがあるんだよ！」

俺は兄の手を払いのけた。

「はぁっ？　つべこべ言わず売却させろ」

「断る」

俺はそのまま背を向けて会議室を出た。

兄に反論することは今までもあったが、ここまで強く出たのは初めてだ。

「そろそろとどめだ」

祖父の愛した秋月不動産を取り戻したい。そして俺自身の人生も。

そう決意しながら部署へと戻った。


その晩、脳が興奮しているのかうまく寝つけず、ベッドを抜け出してキッチンにビールを取りに行った。すると床に里沙の手帳が落ちている。

拾ってテーブルに置こうと思ったが、しおり紐が挟んであったページが開いており、【成田】という文字が目に入ってしまった。

途端に心臓がバクバクと大きな音を立て始める。

いけないとはわかっているが、手に取ってしっかり見てしまった。

「十六時五十分、成田」

土曜の欄に記されたそれは、間違いなく曽根さんが乗る飛行機の時刻だ。

里沙は、ワシントンから駆けつけてくれた彼を見送りに行くだけ。

そう考えて落ち着こうとするも、鼓動の速まりを制御できない。

もし……曽根さんが里沙を連れて帰りたいという意思を示したら、里沙はどうするだろう。彼の手を取るだろうか。

頭の中でいろんな考えが錯綜《さくそう》して、冷静ではいられない。

今すぐ彼女を起こして真相を確かめたい。けれど、偽りの夫である俺にはその資格はなく、ただ頭を抱えるだけだった。

眠れぬ夜を過ごした翌朝。里沙はいつも通り、俺のために少し遅めの朝食を準備してくれた。

岩波さんとの約束は十四時。しかし俺の頭の中は里沙のことでいっぱいだった。

「総司さん。私、お先に出ますね」

彼女は俺に視線を合わせてにっこり微笑む。

「ああ、気をつけて」

引き止めたいのにできず、ポーカーフェイスを装う。

白いブラウスにダスティピンクのフィッシュテールスカート。そしていつもよりしっかりと引かれたアイライン。念入りに身だしなみを整えているのは、曽根さんに会うからだろうか。

玄関で里沙を見送り、ドアが閉まった瞬間、唇を噛みしめた。

もしかしたらこのままアメリカに行ってしまうかもしれない。彼女が見せた微笑みは、こんなつまらない夫婦生活におさらばできるという思いの表れなのかも。

「クソッ」

玄関の壁に力任せに拳《こぶし》を打ち込む。

俺は夫なのに、里沙を引き止める権利すらない。

しかし、これは自分が望んだ未来なのだ。里沙と手を組み、父や兄を失脚させる。

それだけが俺の願いで、結婚はそのための手段に過ぎなかった。

今さら本当の夫婦になりたいだなんて虫がよすぎる。

そう何度自分に言い聞かせても、心の痛みが軽くなる気配はなかった。

里沙が出ていって三十分。そろそろ俺も出かけなければ。

立場上、俺が投資家仲間からの報告を聞くのはまずい。だから岩波さんがクッションになって情報収集してくれているのだ。

「行くか」

車の鍵を持ち、地下駐車場に向かう。そして車を発進させようとしたものの、動けなくなってしまった。

「里沙……」

このまま行かせてもいいのか？　アメリカから、『もう帰りません』と連絡が来たとして、それを受け止められるのか？

いや、今は用地買収に集中しなければ。今がまさに正念場だ。

心の中で激しい葛藤が続く。

「無理だ、里沙」

父や兄に積年の報復ができたところで、里沙を失っては意味がないんだ。彼女はもう俺の人生にはなくてはならない存在になってしまった。

たとえ多くの言葉を交わさずとも、顔を合わせる時間が少なくとも、彼女が笑ってくれるだけで心が穏やかになる。俺が求めていたのは……復讐よりも温かい家庭だったんだ。

「行くな」

自分の気持ちをはっきり認識した俺は、すぐさまエンジンをかけ車を走らせた。

向かったのはもちろん成田空港だ。

駐車場に車を停め、出発ロビーを目指して走る。

すさまじい勢いで駆けていくからか周囲の人の視線が刺さるものの、気にしてはいられない。

こんなに真剣に走ったのは、小学校の運動会以来だ。徒競走で一位を取って父に褒めてもらえると思ったら、三位だった兄より目立つなと叱られ、それから必死になるのをやめてしまった。

もうその頃から無気力だった。兄に万が一のことがあったときのスペアでしかない人生に嫌気がさし、しかしなんの力も持たない子供のうちは息を殺すように生きてきた。必ずこの無念を晴らすと心に誓って。

ようやくその機会を得たのに、俺はそれより大切なものを見つけてしまった。

「里沙！」

広い出発ロビーには人があふれている。彼女の名を呼んでも、周囲の喧騒《けんそう》にかき消された。

「どこだ」

たしかワシントンだと言っていたような。

「あった。南ウイング」

電光掲示板でワシントン直行便のターミナルを確認した俺は、再び走りだした。

「里沙、どこだ？」

出発ゲート前にたどり着いたが、人があふれていて里沙の姿が見当たらない。

頼む。いてくれ。

ワシントン便の搭乗手続きはすでに始まっている。もう出国手続きを終えていたらと焦るものの、必死に願った。

「行くな」

走り回って捜すも、里沙の姿はどこにもない。

本当に行ってしまったのか？

絶望で頭が真っ白になったとき、くすんだピンクのスカート姿の女性を見つけた。

里沙だ。間違いない。

「里沙！」

たまらず駆け寄り、うしろから抱きしめる。

「えっ？」

「行くな。俺のそばにいてくれ」

里沙がなんと答えるのか怖くてたまらない。それでも想いがあふれてきて止まらなかった。

「好きなんだ。行かせたくない」

抵抗する様子もない彼女を強く抱きしめたまま、感情を爆発させる。

どうしてもっと早く素直にならなかったのだろう。

復讐に雁字搦《がんじがら》めになっていた愚かな自分を激しく責めた。

「本当、に？」

里沙が俺の腕をつかんで聞いてくる。

「本当だ。お前がいない人生なんて考えたくもない」

「総司さん……」

彼女は俺の名を呼んだあと、うつむいてしまった。

泣いているのか？　俺につかまったのがそんなに嫌だったのか？

ショックでどうにかなりそうだ。

自分を見失うほど、里沙を好きだったなんて。

「里沙」

そのとき、彼女を呼ぶ声が聞こえてきて視線を移すと、困った顔をした曽根さんが俺たちに近づいてくる。彼に気づかないほど里沙のことしか見えていなかった俺は、ようやく彼女から手を放した。

里沙は、曽根さんを選ぶだろうか。

俺は彼女になにも与えてやれなかった。もしそうなったとしても、彼女を責めたりできない。

自分のふがいなさに打ちのめされていると、目の前までやってきた曽根さんが口を開いた。

「よかったな」

よかった？　どういうことだ？

状況を理解できず曽根さんに視線を送ると、彼は俺に向かって続ける。

「今、振られたところなんですよ」

「えっ？」

「振られても無理やり連れていきたいところでしたけど、こんな熱い抱擁《ほうよう》シーンを見せつけられてはさすがに……」

彼は苦笑する。

それじゃあ……。

「秋月さん。あなたがあの都市開発にかかわっていないのはわかっています。でも、秋月家がした行為で里沙は傷ついた」

「その通りです」

俺が答えると、彼は大きくうなずく。

「里沙はもう十分すぎるほど苦しんだ。一生分の不幸を味わった。もう幸福だけでいい。あなたの生涯をかけて、里沙を幸せにすると誓ってくれますか？」

「もちろんです。私の命をかけても、彼女を幸せにします。二度と泣かせたりしない」

これは俺の決意表明でもある。なにがあろうとも、里沙だけは守り通す。

「そうですか。妹をお願いします。里沙、幸せになれよ」

深く一礼した曽根さんは、里沙に微笑みかけてからゲートの奥へと入っていった。

「毅くん……ありがとう」

瞳を潤ませる彼女は、彼のうしろ姿が見えなくなるまでずっと見送っていた。

「里沙」

もう一度抱きしめると、里沙もしがみついてくるので、うれしくてたまらない。

離したくない。この先なにがあろうとも、彼女だけは絶対に。

「総司、さん……」

「俺……里沙が曽根さんと一緒にアメリカに行ってしまうんじゃないかと、気が狂いそうだった」

「行きません。……だって私は……」

その先は？

腕の中の華奢《きゃしゃ》な体が、泣いているのか小刻みに震えている。

泣かせないと約束したばかりなのに、この涙をどうしたら止めてやれるだろう。

「里沙」

俺は手の力を緩めて、彼女の顔を覗き込んだ。

里沙は必死に呼吸を繰り返している。俺はそんな彼女の頬を拭った。

「好きだ。お前を誰にも渡したくない。俺と一緒に、人生を歩んでくれないか」

目を見て伝えると、彼女の口角が上がる。

「……私も、好き。総司さんが……んっ」

彼女の口から『好き』という言葉がこぼれた瞬間、こらえきれずに唇を重ねてしまった。

まさか、彼女も同じ気持ちでいてくれたとは。これまで感じたことのない幸せな気持ちがこみ上げてきて、目頭が熱くなる。

柔らかくて温かな彼女の唇の感覚を、きっと一生忘れない。いや、これから何度だって、俺だけが奪うんだ。

ゆっくり体を離すと、里沙のほうから腕の中に飛び込んできたので、力いっぱい強く抱きしめる。彼女に触れていられるだけで、これほど胸が躍るとは知らなかった。

「必ず幸せにする」

赤く染まった彼女の耳元でささやくと、里沙は大きくうなずいた。

彼女の手を引き、駐車場で車に乗せたあと、岩波さんに電話を入れた。

「総司です」

『電話に出ないから心配してたんだよ』

「連絡もせずに申し訳ありませんでした。人生で一番大切なものを手に入れるのに必死で――」

正直に話すと、里沙は黒目がちな目を見開いている。

『一番大切なもの？　里沙さんじゃないのか？』

　愛妻家の岩波さんらしい返しだ。

「そうです。今度詳しくお話しします」

　もう仮面夫婦だったことも里沙を傷つけてしまったことも、包み隠さず話そう。間違いなく雷が落ちるが、叱られるのも悪くない。

　俺にはこうやって本気で心配してくれる人がいるんだと、ようやく気づけた。絶対に誰にも弱みを見せてはならないと気を張っていたが、里沙や岩波夫婦はずっと味方でいてくれる。

『そっか。それじゃあ楽しみにしてる。投資の話は……とにかく順調だ。だから思う存分夫婦の交流を深めてくれ』

　早々に電話を切った岩波さんは、もしかしたら夫婦喧嘩をしたと思っているのかもしれない。

「総司さん。岩波さんと約束があったんですよね。大丈夫なんですか？」

　里沙がスマホを置いた俺を心配げに見つめる。

「里沙より大切なものはこの世にはない」

「そんな……」

俺は手を伸ばしてほんのり赤く染まった彼女の頬に触れた。

「本気だ。曽根さんは、よかったのか？」

問うと、彼女は俺の手にそっと触れてうなずいた。

「毅くんは大切な人です。でも男性として意識したことはなくて、ずっと頼れるお兄ちゃんでした。毅くんの彼女にも会ったことがあるし……。そのときも、妹だと紹介されたんです」

もしかしたらその頃は、本当に妹のような存在だったのかもしれないな。曽根さんのほうだけが、いつしか里沙を女として意識し始めたのだろう。

「毅くんに一緒にアメリカに行こうと言われて……」

視線を伏せていた彼女は顔を上げ、大きな目をいっそう見開いて俺を見つめる。

「総司さんから離れたくないと思ったんです」

彼女の瞳に自分が映っているのがうれしい。秋月家の一員なのだから恨まれてもおかしくないのに、受け入れてもらえた幸福を噛みしめる。

「ありがとう、里沙。もう一生離すつもりはないけど、覚悟はできてる？」

尋ねると、彼女はかすかに口の端を上げる。

「もちろんです」

「好きだ」

俺はもう一度気持ちをぶつけたあと、彼女を引き寄せて唇を重ねた。

柔らかいそれに少し触れるだけで、こんなに満たされるとは。欲しくてたまらなかったおもちゃをようやく手に入れた子供のように、気持ちが高揚して自分の感情を抑えられない。

「里沙、抱きたい」

ストレートに気持ちを吐露すると、彼女は控えめにうなずいた。

自宅までとても我慢できないと思った俺は、近くのシティホテルに車を走らせてチェックインした。

終始うつむき加減の里沙が、耳を真っ赤に染めているのがかわいくてたまらない。と同時に、時折俺に注がれる視線が艶《つや》っぽくて、今すぐにでも襲いたくなるありさまだ。

こんなに余裕がない自分に驚きつつ、里沙の手を引いて足を進める。

部屋に入り、ドアが閉まった瞬間、彼女の腰を抱き寄せて口づけを交わした。

触れるだけのキスでは当然飽き足らず、舌で唇を割って入る。恥ずかしがっているのかぎこちない彼女をとろとろに溶かしたくて、壁に押しつけたままキスを続けた。

「ん……」

鼻から漏れる官能的なため息が、俺の淫情を煽《あお》る。

夢中になって舌を絡めているうちに、里沙の頬が上気してきたのに気づいた。

俺に欲情してくれている？

「里沙、好きだ」

何度でも伝えたい。そしてできるなら、誰の目も届かないところに閉じ込めてしまいたい。

そんな過激な思考が湧き起こるほど、彼女を求める気持ちが止まらない。

「私も、好きです」

潤んだ瞳で見上げられた瞬間、完全に理性が吹き飛んだ。

俺は里沙を抱き上げて、ベッドに押し倒した。

優しくしたいのに、気が急いて少し乱暴になってしまう。

すぐさま唇を重ね、彼女のシャツのボタンを外していく。そしてあらわになったデコルテに唇を押しつけた。

少し強めに吸い上げると、彼女は俺の肩をギュッとつかんでため息を漏らす。

「お前は俺のものだ。誰にも渡さない」

「総司、さん……」

仕事中の凛々しい姿とはまったく別の艶美《えんび》な表情を見せる彼女に、欲情が止まらない。

もう一度キスをしながら、ブラの肩ひもを払った。

完全にスイッチが入った俺は、一気にブラをずらして膨らみの先端を口に含む。

「あっ……ん……」

甘く婀娜《あだ》っぽい声を漏らす里沙だったが、自分の口を押さえて声を我慢しようとする。

その我慢する姿が俺を煽っていることに気がついてないのか？　理性なんてすぐに吹き飛ばしてやる。

俺は彼女の細い腕を握り、その手をシーツに縫いとめた。

「ダメだ。甘い声、聞かせて」

「イヤ……」

「イヤじゃないだろ？　ほら、こうしてちょっと触れるだけで体が震えてる」

膨らみの先端を指で弾きながら耳元でささやくと、彼女がいきなりしがみついてきた。

このままでは激しく犯してしまいそうだ。少し落ち着かなくてはと、額に額を合わせて「里沙」と名を呼ぶ。

「きれいだよ。里沙の甘い声も、乱れる姿も全部俺のものだ」

自分でもあきれるほどの独占欲があふれてきて止められない。

「総司、さん……。ずっとそばにいて」

彼女の口から飛び出した言葉に目を瞠る。それは俺のセリフなのに。

「もちろんだ。一生離すつもりはないと言っただろ」

それでも、不安なのかもしれない。両親を亡くし、さらには祖父まで。大切な人が次々と旅立ってしまった経験が、彼女をこんなに臆病にさせる。

「大丈夫だ。俺は死なない。里沙と温かい家庭を作るんだ」

家族なんて必要ないとずっと思ってきた。その考えを根底から覆したのは、まぎれもなく里沙だ。ふたりで毎日笑い合い、穏やかに暮らしていけたら、絶対に幸せになれる。

「私も。私も、総司さんと家族になりたい」

彼女がそう言った瞬間、目尻から一筋の涙がこぼれていったのが見えた。

「ああ。家族に、なろう」

戸籍だけでなく、本物の家族に。互いを労わり、そして支え合える家族に。

愛おしい。里沙がたまらなく愛おしい。

それからは彼女の体を夢中で貪り、その艶やかな嬌声《きょうせい》に心を乱され、感情が高ぶるままに全身に印をつけた。

「はぁ……んっ、あっ……」

頬を真っ赤に染め、俺の舌の動きに合わせるように甘い声を漏らす彼女は、次第に体からこわばりが取れてきた。

「あ……」

あふれる蜜《みつ》をすくい取り、その源にゆっくり指を入れていくと、背をしならせる里沙が悩ましげな表情で俺を見つめる。

「ダメッ。おかしくなっちゃう」

「おかしくなれよ」

たまんない。里沙にこんな顔をさせているのが自分だと思うと、滾《たぎ》る欲望が抑えられない。

「好きだ」

「んあっ……」

散々かき回したあと指を抜き、ひとつになる。すると、言い知れない喜びに包まれて胸が熱くなった。

自分にも、こんな幸福を感じられる日が来るなんて。

里沙は俺の救世主だ。彼女が隣にいてくれたら、どんな困難も乗り越えていける。

一心不乱に腰を打ちつけ、快感にあえぐ里沙とキスを交わす。

体を震わせながら必死にしがみついてくる彼女が時折俺の背に爪を立てたが、それすらうれしいのはおかしいだろうか。

「はぁっ、里沙……」

「あぁっ」

髪を振り乱す彼女とともにやがて果てた。

息を荒らげて放心している里沙を、腕の中に閉じ込める。

つい数時間前、彼女を失うかもしれないと絶望でいっぱいだったのに、こうして体温を感じられるのが幸せで、高揚感に包まれた俺は思わず強く抱きしめてしまった。

「く、苦しいです」

「ごめん。好きすぎて、つい」

少し手の力を緩めると、里沙はクスッと笑う。

「なんだ？」

「総司さんって、こんな人だったんだ」

「悪いか」

たしかに、これほど素直に気持ちを口に出して伝えたのは初めてかもしれない。

「悪くないです。なんでも話してくれたほうがうれしいかなって」

控えめに言う里沙は、俺の目をしっかり見つめて続ける。

「私じゃ無理ですか？」

「なにが？」

「総司さんの胸にある苦しい思いを、私では支えられませんか？」

「里沙……」

家族のいざこざに、ただでさえ傷ついている里沙を巻き込みたくなくて、父や兄を憎む理由を決して口にしてこなかった。おそらくそれを指しているだろう。

「だって、家族になるんでしょ？」

「そうだな」

彼女が微笑みながらあたり前のように言うので、俺はもうすべてを打ち明けることにした。

枕を背にして座ると、シーツを体に巻きつけた里沙も隣に座る。

俺は彼女の肩を抱き寄せてから口を開いた。

「俺は、ずっと兄のスペアだったんだ」

「スペアって？」

里沙が首を傾げるので、額にキスをして続ける。

「秋月家は代々、若くして亡くなる者が続出している。曽祖父には妹と弟がいたがふたりとも早くに亡くなったそうだ。秋月不動産を立ち上げた祖父は姉と妹が幼い頃に戦争で犠牲に。その祖父と結婚した祖母も、母が十歳の頃に病に倒れた。祖父の実子が母で、父は婿養子なんだが、母の兄は生まれてすぐに病気で逝《い》ってしまったそうだ」

「そんな……」

里沙は苦しそうに眉をひそめる。

昔は今ほど医療技術も発展していないため、仕方がなかったのだろう。それにこれだけ亡くなる者が続いたのも偶然だったかもしれない。ただ……。

「実は俺と文則の上に、もうひとり兄がいたんだ。彼は死産だったと聞いている」

現代までもなお亡くなる者がいたため、秋月家の不吉な連鎖を笑い飛ばすわけにもいかなかったようだ。

「心配をよそに、文則はすくすく育った。ただ二歳の頃に大ケガをして、父は後継ぎがいなくなるのではないかと危機感を抱いた。それでもうひとり子供を作ると決めたんだ。そうやって生まれてきたのが俺」

「それって……」

スペアの意味がわかったらしい里沙は、目を丸くして絶句した。

「そう。兄に万が一のことがあったときの、ただの予備。しかも俺は父の血を引いていない」

家族以外誰も知らない事実を告白すると、里沙は完全に固まり微動だにしなくなった。

「それはどういう……」

しばらくしてようやく声を絞り出した里沙は、あからさまに眉をひそめる。

「できなかったんだ」

「えっ？」

「スペアが欲しかったのに、父と母の間には生まれなかった。兄も不妊治療の末ようやく生まれた子だったんだ。母に不妊治療を強いる父は、妊娠していないとわかるたびに母をなじった。つらい治療に耐えた上、責められて涙をこぼす母を、当時父の秘書だった男が支えていたらしい」

これは、中学生の頃に長年秋月家に仕えていた家政婦から聞いた話だ。六十代の彼女は、なにかと俺の世話を焼いてくれていた人で、家政婦を辞めるにあたりすべてを打ち明けてくれた。

「母は父に離婚を切り出した。だけど離婚すると婿養子の父は秋月アーキテクトを失う。焦った父は、母を暴力で支配し始めた。そうしておいて、祖父の前では『よき夫で文則の教育もしっかりしてくれる。秋月アーキテクトの未来は明るい』というようなことを母の口から何度も語らせた」

父の暴力におびえ、疲れきっていた母は、もうそうするしかなかったのだ。

「そのうち祖父は、母がそこまで信頼しているのならと、父に社長のイスを譲ることにした。父は仕事ではそれなりの成績を上げていたようで、祖父はすっかりだまされてしまったんだ」

祖父もまさか娘が脅迫されて嘘をついているとは予想だにしなかったに違いない。

「その後も暴力がやまず、母は自分をいつもかばってくれた秘書と逃げて、俺を授かったんだそうだ」

昔話をしているうちに気持ちが高ぶりすぎて苦しくなり髪をかきむしると、里沙は慰めるように抱きしめてくれる。その優しさがたまらなく心地よくて、俺も彼女の背に手を回した。

「でも、すぐに連れ戻されてしまった。逃がすわけがないよな。父にとって母は金づるも同然なんだから。母の妊娠を知った父は、許してやるから自分の子として生めと強要したんだ。だから俺は、戸籍上は父の実子になっている」

「そんなことが……」

里沙が鼻声なのは泣いているからだろう。自分のために涙してくれる存在がこの世にいるのが信じられない。

「俺が生まれて半年ほどたった頃。母は傷ついたまま病気で亡くなってしまった」

まだ一歳になる前の俺に、母の死を理解できるはずもなかった。

「祖父がおかしいと気づいたのは、母が亡くなってから。社長のイスも手に入れ、母の遺産も相続した父が本性を現すようになり、母への暴力も明らかになった。父の二面性に気づけなかった祖父は、それをひどく悔やんでいた」

母が祖父に助けを求められなかったのは、暴力で支配されていたからだ。

「母へのひどい仕打ちを知った祖父は、怒り狂って父から会社を取り上げようとした。でも、すでに引退していた祖父にはできなかったんだ」

唯一俺の味方だった祖父は、いつも無念をにじませた顔で俺に語りかけた。

『総司は逃げなさい。お前はあの世界に染まるな』

父の暴力的な一面と仕事での強引な手法を知った祖父は、それが口癖だった。

「父は当然自分の血を引いた兄がかわいい。兄を後継者にすべく教育しつつ、俺が兄より目立った成績を残すことを許さなかった。ろくに話もせず、飼い殺し状態。だけど幼い俺になにかできるわけもなく、従うしかなかったんだ」

小学校低学年くらいまでは父の気を引くためによい成績を取り、学校の先生に褒められるような行動をしていた。しかし、頑張るほど兄より目立つなと叱責されて、息をひそめて生きるしかなくなった。

「秋月家から後継者を出さなくても、ほかの有能な社員を社長に据えればいい。でも父はくだらないプライドからそれも受け入れられなかったようだ」

里沙が俺の肩に顔をうずめて動かなくなる。肌に彼女の涙がこぼれ落ちてくるのがわかって胸が痛んだ。

「ごめん。里沙を泣かせるつもりじゃ……」

「続けてください。全部吐き出して。私にもつらい気持ちを分けてください」

里沙はそう言うが、彼女のほうが壮絶な人生を歩んでいるのに。

ただ、俺も彼女の痛みを半分背負って、ふたりで歩いていけばいいのかもしれない。

「ありがとう、里沙」

彼女のサラサラの髪を撫でながら気持ちを落ちつかせる。こうして触れ合っているだけでも、荒《すさ》んだ心が穏やかになっていく。

「……そのうち兄も俺をバカにし始めた。少しでも口答えしようものなら容赦なく殴られたし、父はそれを知っても鼻で笑うだけ。殺して兄の立場を奪ってやりたいというほどの強い憎しみを抱いたけど、さすがに殺せなかった。祖父が必死に守ってくれたから」

祖父は何度も俺を引き取りたいと父に申し出たようだ。しかし、父はこれまでの非道な行いが世間に知れるのを恐れて、頑として譲らなかったらしい。

「祖父は、地域の人たちが豊かに暮らせる街作りがしたくて会社を興したんだ」

それなのに、父や兄は住民を追い出して自社の利益のために危ない橋を渡り、思い出の街を壊している。

「そうだったんですね。それで、おじいさまは？」

「俺が高校生の頃に亡くなった。亡くなる直前に、『秋月アーキテクトから逃げなさい』と俺に言い残した」

「それなのにどうして、秋月アーキテクトに入ったんですか？」

目を真っ赤に染めた里沙からの質問に、彼女の頬を拭ってから口を開いた。

「悔しそうに涙を流す祖父が、本当は秋月アーキテクトを守ってくれと言いたかったような気がしたんだ。それで、父と兄を引きずり下ろしてやると決めた」

祖父は自分が興した会社が間違った道を歩き始めたのが無念だったはずだ。

まだ秋月不動産だった頃は、今のように目立った業績は残せていなかったものの、地域から歓迎されていたと聞いている。

秋月アーキテクトには、今でも祖父の精神が受け継がれている部署もある。兄が率いる都市開発事業部が諸悪の根源であり、反社会的勢力まで駆り出して事業を進めるのは祖父の意向に反する。だから俺は父と兄を排除して、本来の秋月アーキテクトに戻したいのだ。

「そっか……」

里沙は小声でそう漏らし、何度もうなずいている。

「里沙を巻き込んだこと、後悔してる。里沙と一緒に暮らし始めるまで、もう俺には誰も味方がいないんだと思い込んでいた。たとえ父や兄と刺し違えてもふたりを追い出すつもりで、里沙に結婚を持ちかけた」

正直、怖いものなんてなかった。この命さえなくなってしまっても構わないと自暴自棄に陥っていた。けれど、里沙とともに生活をしているうちに、彼女を失うのがたまらなく怖くなった。温かな時間を一度経験したら、手放せなくなったのだ。

「後悔なんてしないでください。私は……総司さんとこうして一緒にいられるのがうれしいの。私は一生総司さんの味方です。嫌だと言ってもついていきますから」

「里沙……。ありがとう」

俺は涙を流しながら笑顔を作る彼女を抱き寄せて、唇を重ねた。

そのあと、もう一度彼女を抱いた。

緊張が解けた体は柔らかく、愛撫《あいぶ》に悶《もだ》える姿は俺の欲情を誘う。ひとつになったとき、体が溶けて混ざり合うのではないかという不思議な感覚に襲われて、鼻の奥がツンとした。

里沙と一緒に生きていきたい。心に立つ波はきっと彼女がなだめてくれる。そして俺は、彼女の傷をゆっくり癒していこう。

つながったまま抱き上げると、しがみついてくる。

「里沙。愛してる」

この世のすべてに絶望していた自分が、こんな気持ちを抱けるようになったのは意外だ。しかし、もう隠せない。

「総司さん」

少し体を離した里沙は、艶やかな目で俺を見つめる。

「どうした？」

「幸せ」

「俺も。でも、もっと幸せにする」

彼女の優しい微笑みを、この先ずっと守りたい。この笑顔のために生きていくと心に誓う。

「……あっ」

彼女への気持ちが爆発しそうになり激しく突き上げると、俺の肩を強くつかんだ里沙は色香を纏ったため息を漏らした。

運命の決戦日

総司さんと心もつながってから二週間と少し。今日は、頬を撫でる秋風が心地いい。

気持ちが高揚している私は、精力的に働いている。

「こちらの分析できました。チェックしてください」

立て続けにBOE分析を任せられ、それを総司さんに提出した。

「わかった。先日のマンションの案件はよくできていた。修正案のプレゼン資料に取りかかってくれ」

「承知しました」

返された書類を手にして自分の席に戻る途中で、またデスクが散らかっている浜野さんと目が合った。

「能ある鷹《たか》はなんとかってやつだったんだな」

「そんなことはないです」

今まで出した分析すべて、総司さんから一発合格をもらっているからだろう。経験豊富な浜野さんですらしばしばやり直しを食らっているのだ。

「夫婦の忖度《そんたく》とか働いてるわけ？」

「秋月さんがそんな人に見えますか？」

黙々とパソコンのキーボードを叩いている総司さんにふたりで視線を送る。

「見えない。だから不思議なんだよなぁ。夫婦生活とかまったく想像つかない」

「想像しなくていいですから」

総司さんのふとした瞬間に見せる柔らかな笑みや、疲れたときは引っついてきたがる甘えモードの姿なんて、ほかの人には知られたくない。私だけが知る総司さんでいてほしい。

「あはは。けど、最近秋月さんが時々優しい顔してるんだよね。藤原のおかげかな」

だとしたらうれしい。

私たちが本物の夫婦になってから、総司さんからは刺々《とげとげ》しさが少しずつ抜けているような気がするのだ。

もちろん、社長や文則さんへの追及の手を緩めるつもりはなく、都市開発事業部の仕事に対しては、相変わらず鋭い目をしている。

「それより浜野さん。そろそろ片づけないと角が生えますよ」

「はぁ……。何回片づけてもすぐ散らかるんだよ。でも、部長ににらまれる前になんとかする」

彼は大きなため息をつきながら、雪崩《なだれ》を起こしそうなファイルを片づけ始めた。

ずっとこうやって楽しく仕事ができればいいのに。

不動産投資企画部はほかの部から嫌われているし、業績的には目立たない地味な部署だ。けれど、部員同士の絆《きずな》は強く、士気も高い。我々が秋月アーキテクトの最後の砦となっているという自負がある。

総司さんが社長になったら、きっともっと重用される。彼自身がこの部の役割の大きさを知っているから。

そんなことを考えながら総司さんに視線を向けると、顔を上げた彼のそれとぶつかった。見ていたことがばれたと焦ったものの、彼がかすかに口角を上げるので、ちょっと照れくさかった。

事態が大きく動いたのはその週の金曜日。すさまじい勢いで部署のドアが開いたと思ったら、眉をつり上げた文則さんが入ってきた。

彼は脇目も振らずに総司さんのデスクまで行き、「顔を貸せ」と言い放つ。

一触即発というような緊迫した雰囲気に浜野さんが腰を浮かすも、総司さんは軽く手を上げて制している。

「なんでしょう?」

「なんでしょうじゃねぇ。ここの精査が遅いせいでいくつ先を越されたと思ってるんだ」

我が家にある大きな地図は、赤い印が着々と増えている。

結婚式後から総司さんはまったく動いていない。岩波さんが情報収集してくれているが、彼も特に働きかけはしていないはず。目利きのいい投資家を友人に持っているだけだ。

「あの都市開発の件は、もうここを通さないことにしたんじゃないですか?」

社長と結託して都合のいいように社内規則を変えたはずだ。その時点で不動産投資企画部の手から離れたわけで、完全な八つ当たり。おそらく文則さんも承知しているけれど、ことがうまく運ばないのでイライラしているのだろう。

「その前の話だ。お前が投資家仲間を集めて物件を買わせたのはわかっている」

文則さんが言うと、部署のざわつきが大きくなる。

「どこにそんな証拠が」

座ったままの総司さんは、まったく動じる様子も見せず鼻で笑った。

「背任行為だと言ったはずだ。さっさと売却させろ！」

文則さんは血管が切れそうなほど怒りをあらわにする。

「ですから、なにも知らないと。たしかに、結婚式に多数の投資家仲間に参列していただきましたが、投資の話をする暇などありましたか？」

間接的に秋月アーキテクトを意識させるという手段を思いついた総司さんの勝ちだ。岩波さん以外、総司さんがみずから働きかけた事実はないのだから。

「裏で手を回したんだろう？」

「そういうことは、あなたの得意技だと思っていましたが」

火花を散らすふたりを部署の誰もが眺めていることしかできない。一歩近づけば火傷《やけど》しそうな雰囲気が漂っていた。

ここは私が止めるべきだと思い立ち上がる。すると、気づいた総司さんは小さく首を横に振った。彼は、この復讐劇に私を巻き込みたくないと思っているのだ。

最初は互いを利用する約束だった。でも心を許し合った今は、秋月家の人間がしたことだからと、ひとりで背負いこもうとしている。

憎き相手が目の前にいても、私は非力だ。総司さんのように策を巡《めぐ》らせて追いつめることもできない。けれど、総司さんを助けることならできる。

止められたのはわかったが、ふたりのもとに近づいていく。総司さんは「藤原」と名を呼び、近づかないように目配せするけれど、今回は言うことを聞きたくなかった。彼ひとりを矢面に立たせるのは嫌なのだ。

「秋月部長。結婚式の間、私は総司さんの隣におりました。皆さんから祝福の言葉をいただきましたが、投資の話などひと言も出ておりませんよ。皆さん賢い方ですから、結婚式という晴れの日にそんな不躾《ぶしつけ》な言動をなさるわけがありません」

大物投資家の山崎さんに『あの噂は本当かね？』とは尋ねられたが、ふたりともその噂の中身にはまったく触れていない。だから私は堂々と、とびきりの笑顔をつけてそう伝えた。すると、文則さんの顔が曇る。

「それと、あの地区の商店街の方々に土地を手放してもらう代わりに、別の場所にテナントを用意するという計画ですが、ＢＯＥ分析をしますと新しいテナントは一年持たず赤字となります。頭脳明晰な秋月部長なら、分析などしなくても気づいていらっしゃるとは思いますが」

余裕の顔でわざと煽るような言い方をしたものの、本当は心臓がバクバクと大きな音を立て、指先がかすかに震えている。

一介の社員が、部長——しかも社長の息子に物申すなんて普通はしない。それでも、たとえどんな罵声を浴びたとしても、ここは闘うべきところだと思ったのだ。

実は祖父の家のあった地域でも同じ事例があった。オフィスビルとタワーマンションを造ったせいで、その街に住む人の年齢層が一気に下がった。細々と続いていた和菓子店や文房具店、肉屋や八百屋は取り壊され、用意されたテナントに入店したものの、新しくできた大型ショッピングモールに客を取られて閑古鳥《かんこどり》が鳴くようになった。その結果、全店があっという間に暖簾《のれん》を下ろす羽目になったのだ。

しかも、文則さんは間違いなくそれを最初から予測していたのに、店主たちを口車に乗せて土地を売却させたに違いない。

「そんな分析は頼んでない」

「はい。BOE分析は私の趣味でして。間違いのない精査をするために、様々な物件で練習しているんです」

尖った視線を私に向ける文則さんに震えつつも平然を装って伝えると、総司さんが立ち上がった。

「業務が滞りますので、用がないならお帰りください。出口はあちらです」

総司さんが手でドアの方向を示すと、小さな舌打ちをした文則さんは出ていった。

「藤原」

「は、はい」

総司さんがあきれている。余計な口を挟むなと叱られるだろうか。

「部下を守るのが俺の仕事だ。部下に危ない橋を渡らせるつもりはない」

彼は険しい顔で私を見つめる。しかし次の瞬間、頬が緩んだ。

「……だが、ありがとう」

「えっ？」

「気分を害してすまない。ブレイクタイムにしよう。プレジールで全員分のコーヒーを買ってきてくれ」

ポケットから財布を取り出した総司さんは、私に一万円札を握らせた。

「棚ぼた、ラッキー」

うしろで誰かがつぶやくのが聞こえてきて噴き出しそうになる。

「ごちそうさまです」

総司さんのデスクから離れようとすると、ふと腕をつかまれた。

「ミルクとガムシロも忘れずに」

「了解です」

彼の心遣いがうれしくて、早速プレジールに走った。

その日は残業もなく、総司さんと一緒に会社を出ることができた。

今日の一件で、周囲の人たちの私たちを見る目が少し変わったように感じる。

『本当に夫婦なのかとずっと疑ってたけど、息がぴったりでびっくりした』

先輩社員にそう言われたときは、あの緊迫した場面でそんなふうに見られていたのかと笑ってしまった。そういえば浜野さんも、そんな話をしていたっけ。

夫婦といえども、つい最近まで仮面夫婦だったのだから仕方がないか。

ビルの地下駐車場で総司さんの車に乗り込むと、隣から強い視線を感じる。

「どうかしました？」

「いや、いい女だなと思って」

「は？」

そういうことを真顔で言わないでほしい。

自分の顔のよさを自覚して！　心臓が暴れだして口から出てきそうになるのよ？

照れくさくてうつむくと、彼が身を乗り出してくるので慌てる。

「なに耳真っ赤にしてるんだ？　シートベルトしようと思っただけだけど」

クスクス笑いながら私にシートベルトを装着する彼は、絶対に照れているのがわかっていてからかっている。

「しょ、しょうがないでしょ。ドキドキするんだから」

ここは素直に反撃だ。

すると、彼は目を見開いて固まっている。

なにか間違った？

「総司、さん？」

「お前、煽ってどうしたいわけ？　ここで襲ってほしい？」

「ええっ？」

不機嫌顔での爆弾発言に、今度は私が固まる。

「でも残念。里沙の裸、誰にも見せたくないんだ。家まで我慢しろ」

「我慢って！」

それじゃあまるで私が淫乱みたいじゃない。

「ああ、我慢できないなら……」

にやりと笑う総司さんにいきなり顎をすくわれて唇が重なる。私の唇を舌でペロッと舐めてから離れた彼は、満足そうに笑った。

「とりあえずこれで抑えておいて。それとも、余計に火がついた？」

「そ、そんなこと」

思惑通り、体が火照ってくるのを自覚していたけれど虚勢を張る。

彼がイジワルなのは最近知った。いつもこうして私を翻弄《ほんろう》するのだ。ただ、嫌なわけではない私は、マゾヒストなのだろうか。

「そうか？　俺は火がついたけど。明日休みだし、朝までな」

「朝？　無理です」

「却下」

不敵な笑みを浮かべてエンジンをかけた彼は、車を発進させた。


その晩は宣言通りに散々啼《な》かされた。

バスルームでシャワーを浴びながら。そのあとはベッドで二回。

体を重ねるようになってまだ日は浅いのに、彼は私の弱いところを知り尽くしていて、そこばかり攻めてくる。

ひとつになったあとは、ときに優しくときに激しく最奥を突かれて、あっという間に快楽に転がり落ちていく。

「も……許して……」

たくましい腕をつかんで髪を振り乱していると、顔をゆがめる彼も「はーっ」と艶《なま》めかしいため息をつく。

「イクぞ」

「ん……あぁーっ」

律動を速めた彼と同時に絶頂に駆け上った。

体の相性がいいというのはこういうことをいうのだろうか。何度も達して恥ずかしくてたまらないのに、重なる肌が心地よすぎて、自分から彼にしがみついてしまう。

「まだ足りない？」

「違います。こうしていると安心するから」

家族がいても孤独だった彼と、家族を失って孤独だった私。そんな人間同士で温かい家庭を築けるのかと心配なところはあったけれど、会話を重ねるごとに大丈夫だと思えてくる。痛みを知っている総司さんは、私を優しく包み込んでくれるのだ。

「俺も。里沙を抱いていると、生きてるって感じがする」

そう話す彼は、私のまぶたに唇を寄せる。

「里沙、今日はありがとう。だけど、できれば今回の件は俺に任せてくれないか？」

「嫌です」

即答すると、難しい顔をする。

「お前やおじいさんの無念は俺が責任を持って晴らすから。頼む」

「ですから嫌です。私たち夫婦なんですよ？　総司さんは私がこれ以上傷つかないようにと思ってるんでしょうけど、私だって総司さんが傷つくのは嫌なんです」

「里沙……」

「私ができることなんて知れてますけど、傷つくならふたり一緒がいい」

彼ひとりに全部背負わせたくない。私が手出しできることはなさそうだけれど、せめて隣で走り続けたい。彼の傷が半分で済むように。

「まったく、お前は……」

総司さんの瞳が揺れる。

きっと私たちはこうして苦しみも悲しみも、そして喜びも分かち合える存在をずっと求めていたのだ。ひとりで生きていけるなんてただの強がりで、本当は誰かにそばにいてほしかったから。

「やっぱり最高にいい女だ」

そうささやいた彼は、深いキスを落とした。

日曜はふたりで買い出しに行き、総司さんが手料理を振る舞ってくれた。

彼が作るカレーは、市販のルーは使わずスパイスを何種類もそろえて、いちからの手作り。玉ねぎを飴色《あめいろ》になるまで延々と炒め続ける本格仕様だ。忙しい平日では絶対にできない手の込みようだった。

今日は大きめのチキンが入ったチキンカレー。私が準備したサラダと一緒にテーブルに並べて早速食べ始める。

私がスプーンでカレーをすくって食べる様子を、総司さんがじっと見ている。

「んー！ こんなおいしいカレー、食べたことない。ちょっと辛めなのが最高です。カレー屋さんできますよ」

市販のルーのカレーとはまったく違う。こくがありスパイシーなのに玉ねぎの甘みも口に広がる、複雑な味だけどとにかくおいしいのひと言だ。

「それじゃあ、カレー屋やるか」

「それもいいですね」

なんて、総司さんには秋月アーキテクトを、おじいさまが目指していた地域の人たちのための不動産会社に戻すという志があるのはわかっている。でも、ずっと走り続けてきた彼が、のんびり好きなことを追求する時間があれば理想的だなとも思う。

「リタイアしたらふたりでやるか。最高の立地に店を作って」

「最高のカレーを出す」

総司さんに続くと、彼はうれしそうに微笑む。

「里沙と一緒だと夢が広がるな」

「はい」

まさか毎日のように泣き、復讐しか考えてこなかった私が、こんなに穏やかで幸せな時間を持てるようになるなんて。

「そういえば、さっき岩波さんから連絡があったんだ」

「それで？」

昨日、例の案件の住民説明会が行われ、駅前のマンションを購入した岩波さんも出席したのだ。その結果については知らなかったので緊張が走る。

「住民説明会、大荒れだったらしい。こんなにスーツ姿の金持ちが集まる説明会は初めてだったと笑ってた」

メガ大家と呼ばれる大物投資家が数人、そこまでではないけれど岩波さんのような有力者が十数人、それぞれ売りに出ていたマンションや土地などを購入しているはずだ。投資家の彼らが勢ぞろいした説明会は、類を見ないものになったに違いない。

「秋月アーキテクトの用地買収は失敗に終わるだろうとのことだ。今回は百戦錬磨の投資家を相手にしないといけないから口先ではだませない。買収するには予定していた予算の何倍も必要だ。そうすると、開発そのものが赤字になる」

不動産投資企画部から権限が取り上げられてしまったが、もし精査を依頼されたら完全にNG案件だ。

「また反社会的勢力を使うんじゃ……」

祖父のところにも、いかにもという風貌の男たちが何度も来ていたのを思い出して、顔がゆがむ。『お孫さんかわいいですね』と、私に手を出すと暗に言われて祖父が頭を抱えていたのを覚えている。祖父のストレスは私のせいでもあったのだ。

「里沙？」

「ごめんなさい、なんでもないです」

取り繕って口角を上げたものの、彼は隣の席に移動してきて私を抱き寄せた。

「もう二度とつらい思いをする人を出したくない。それに、今回は大丈夫だ。そもそも資金がたっぷりある人たちが投資している。弁護士を抱えている人も多数いるんだ。下手な手を打てばすぐに公になる。秋月アーキテクトに傷をつけるような行為を安易にはできないだろう」

「はい」

きっと彼の言う通りだ。けれど、目の前でそうした非道な行為を見てきた私は、不安でたまらない。

「里沙」

彼は私の名を呼び、額に唇を押しつける。

「俺たち、過去にいろいろあったから傷をえぐられると痛くてたまらない。だけど、明日でそれも終わりにするから、もう未来を見て歩こう」

「明日？」

「土曜の説明会を受けて、明日社内で会議がある。そこで過去の過ちも追及して、父と兄を追いつめるつもりだ」

決戦日がそんな目の前に迫っているとは。

「本当は自分でなんとかするつもりだったけど、里沙の力も借りていいか？」

「私にできることがあるんですか？」

「うん。ただ、昔を思い出してつらいなら――」

「やります」

つらいかもしれない。でも、もうこれで終わりにできるなら、きちんと幕引きを見届けたい。それに、総司さんがいてくれれば大丈夫だ。

「そうか。それじゃあたっぷり食べて英気を養っておかないと」

スプーンを手にした彼がカレーをすくって私の前に差し出すので首を傾げる。

「ん？」

「あーんして」

「じ、自分で……」

「ダメだ。里沙はもっと甘やかされるのに慣れたほうがいい」

そんなこと言ったって、恥ずかしいでしょう？

「でも」

「おいしいと言ったくせして、本当は嫌いなんだ」

「ち、違います！」

慌てて否定したけれど、どうやらこれはイジワルのようだ。クスッと笑っている。

「それじゃあ、あーん」

観念して顔を少し近づけ、口を開けようとすると……。

「ん……」

カレーではなく唇が重なったので、目をぱちくりさせる。

「残念、時間切れ。早く口を開けないから、里沙を食いたくなっただろ」

「え！」

「もっと自覚しろよ。自分がいい女だってこと」

うっとりしたような視線を投げつけられての甘い言葉に、息をするのも忘れる。

「ほら、口開け」

催眠術にでもかかったかのように言われるがままに口を開けると、今度こそカレーが入ってきた。

「おいしい？」

「ほぉひしいでしゅ」

「なに言ってるかわかんないよ」

お腹を抱えて笑う彼が、この先もずっと笑顔でいられますように。そして私もその隣を歩いていけますように。

翌日月曜の会議は午後から。

朝からソワソワソワしながらBOE分析に励んでいたが、総司さんは涼しい顔をしている。

彼に度胸があるのか、私の落ち着きがないのか。

会議に出席できるのは、部長クラス以上だけ。当然平社員の私にはその権利はないけれど、会議室の外で待機していてほしいという。

会議開始の十四時少し前。総司さんが立ち上がったので、私もパソコンの電源を落とした。そして部屋を出ていく彼に続く。

そのまま会議室に向かうと思いきや、彼は休憩室に入っていった。

「プレジールまで行く時間がないから」

目の前に差し出されたのは、自販機で買ったカフェオレだ。

「ありがとうございます」

それを受け取ると、いきなり顎に手をかけられて固まった。

「顔の筋肉動いてないぞ」

「えっ？　……はい」

キスされるかと思った。

「耳が赤いけど、どうした？」

「そんなこと……」

視線を外して答えると、耳朶《みみたぶ》に触れられて体がビクッと震える。

「本当に敏感だな。帰ったらたっぷりかわいがるから、もう少し我慢して」

「はいっ？」

部長モードの彼はどこへやら。甘々の旦那さまに豹変した総司さんは私を煽る。

「ようやく動いた」

頬を軽くつねられて気づいた。緊張をほぐしてくれたのだ。

「総司さんはどうしてそんなに平気な顔をしていられるんですか？」

いよいよ長年に渡った復讐劇に幕が下りるかもしれないのに、平然としていられるのが不思議だ。

「俺が平気だと思う？」

「違うんですか？」

問うと、彼は私の手を取り自分の心臓に持っていく。

「息が苦しいほどドキドキしてる。だけど、俺には里沙がついてる。そうだろ？」

「総司さん……。はい」

顔に出さないだけで緊張しているのは同じなのか。

『俺には里沙がついてる』という言葉はうれしかった。少しは彼の役に立てていると思えたのだ。

自分用にブラックコーヒーを買った総司さんはそれをあっという間に飲み干して、

「よし」と気合を入れている。私も甘いカフェオレを口にして、心を落ち着かせた。

「もうひとり呼んでいる人がいるから、その人と一緒に待機してて」

「もうひとり？」

誰だろう。

「俺が世話になってる弁護士。投資を勉強しているときに法律についていろいろ教えてもらったんだ。里沙のおじいさんの件についても調査を依頼してた」

「そうだったんですね」

まさかそこまでしていたとは知らなかった。ドキドキしていると言いながらも落ち着いているのは、準備が万全だからなのかもしれない。

「絶対に負けない。秋月アーキテクトから悪を排除する。里沙のおじいさんの無念も晴らす」

彼のスイッチが入ったのがわかった。つい数秒前まで柔らかかった眼差しが鋭くなり、顔つきまで違う。戦闘態勢が整ったのだ。

「はい」

「行こう」

促されて深呼吸をした私は、彼に続いて足を踏み出した。

堂々たる様で会議室に入っていった総司さんと別れて、私は隣の会議室に向かう。

ここに弁護士が待機しているのだとか。

「失礼します」

ノックをしてドアを開けると、総司さんと同じ歳くらいの男性が待っていた。

「秋月さんの奥さまですね？」

「はい。秋月里沙です」

人懐こい笑みを浮かべて尋ねる彼は、近づいてくる。

「私、朝日《あさひ》法律事務所の八木沢《やぎさわ》と申します」

名刺を差し出されて受け取った。

「すみません。名刺を置いてきてしまって」

「問題ありませんよ。秋月さんからすべて聞いています。苦労されてきたんですね」

彼は少し困った顔で言った。

「……はい」

もう強がるのはよそう。総司さんも八木沢さんも私の味方だ。彼らに頼ってしまおう。

素直に返事をすると、彼は神妙な面持ちでうなずいた。

「会議はおそらく経過報告から始まるはずです。少し作戦を練りたいのですが」

「もちろんです」

促されてイスに座ると、彼は九十度の位置に座って私の前に厚いファイルを置いた。

「これは?」

「秋月さんから依頼されて調べた資料になります。里沙さんのおじいさま、山根太志さんについても調査させていただきました。正直申し上げて、秋月アーキテクトの無謀な用地買収とおじいさまの死を関連付けるのは非常に難しい」

彼は悔しそうに唇を噛みしめるけれど、死因が心筋梗塞ではいくら腕のいい弁護士でもどうにもならないのだろう。

「わかっています」

「はい。ですが、ご主人の秋月さんと同様、私は汚い手を使う輩《やから》が嫌いでして」

弁護士なのになかなか過激な発言だ。けれども総司さんが彼にこの件を依頼したのがわかった気がした。

「徹底的に当時の契約書を調べ、実際に立ち退かれた住民の方にも会ってきました。その結果、契約書のいくつかに不備が見つかったうえ、反社会的勢力のかかわりを示す証言が多数出てきました」

いくつかの書類を示されて夢中で読む。

「それと今回の用地買収で、秋月アーキテクトを名乗る人間から脅しのような電話を受けた投資家がいましてね」

彼はポケットからボイスレコーダーを取り出して机に置いた。

「岩波さんとおっしゃるのですが」

「岩波さんが？」

「ご存じですよね。こうした事態を想定してしっかり録音してくださいました。秋月さんもコピーをお持ちです。それと、電話の発信元を調べたところ、秋月アーキテクトではなく、とある暴力団事務所からだと判明しました」

今回も反社会的勢力を使い、脅して買収しようとしているんだ。

「おじいさまがご健在の頃は、もっと露骨でした。買収に応じない店にダンプが突っ込むなんてこともあったんです。ですが最近は法律が厳しくなり、彼らは表立って活動できません。ですが裏ではたしかに動いている。この件を公表すれば秋月アーキテクトは社会的な制裁を受けるでしょう」

祖父の無念を晴らしたい私としては願ってもない展開だ。ただ、社長や文則さんを追い出して、会社を立て直したいと考えている総司さんまで巻き添えを食ってしまう。

「総司さんは、私のために苦労を背負おうとしているんでしょうか」

「いえ。秋月さんは苦労だなんて思っていませんよ。むしろ、秋月不動産を興されたおじいさまが理想としていた本来の会社を取り戻せると喜んでいるくらいで」

本当に喜んでいるの？

八木沢さんに驚きの眼差しを送る。

「ただ……実は今回、秋月さんから最優先にしてほしいと頼まれていることがあります」

「なんですか？」

「はい。会社がどうなろうが、たとえ社長や文則さんを失脚させられなかろうが、里沙さんを守ってほしい。里沙さんが壊れるようなことだけはしたくないと。愛されてますね」

八木沢さんに微笑まれて、恥ずかしいのと同時に胸に温かいものがこみ上げてくる。

「もう少し頑張りましょう」

「はい。よろしくお願いします」

私は深く頭を下げた。

会議が始まってしばらくすると、私たちは廊下へ出た。中の話が聞こえてくるからだ。

八木沢さんが予想していた通り、住民説明会の経過報告がなされたあと、文則さんらしき声がする。

「今回、用地買収がうまくいかないのは、背任行為をする者がいるからだ。そうだな、不動産投資企画部部長」

総司さんを名指しして血祭りにでも上げるつもりなのだろうか。

緊張で呼吸が浅くなったものの、八木沢さんが大丈夫とでもいうようにうなずいたので冷静さを取り戻した。

「ですから、私はなにもしていないとお話ししましたよね。それより、重大なコンプライアンス違反が見つかりました。こちらをどうぞ」

総司さんの落ち着き払った声が聞こえたあと、岩波さんが録音したという音声が流れる。

『――あなたの会社は把握しています。業績好調のようですが、いつまで続くでしょうね』という脅し文句に、ざわつきが広がった。

「これは、今回の開発予定地にマンションをお持ちの投資家にかかってきた電話を録音したものです。ちなみにこの電話の発信元を調べましたところ、とある暴力団事務所でした。ですよね、秋月部長」

「……はっ？　私は知りません。私が指示したという証拠があると？」

「今回は残念ながらそこまでつかんでいません。ただ、十年ほど前にも都市開発に絡んだ同じような事例がありまして。こちらの資料をご覧ください。ここにあります写真に、秋月部長と今回の電話元である暴力団事務所の人間が写っています。これは反対派住民が撮影して保管していたもので、ほかにもあるんです」

そんな証拠まで押さえているとはびっくりだった。

「そんな昔の話は覚えていないが、偶然知り合っただけでしょう。この男が暴力団事務所の人間だったとして、用地買収に関与していたかどうかなんてわからないだろ」

文則さんの声が大きくなっていく。動揺している証拠だ。

「どうしてもお認めになりませんか？」

「だから、覚えていないと言っている！」

「それは残念です。この切り札は使いたくなかったのですが……」

「奥さま、出番です」

八木沢さんに言われて、その切り札が私なのだと確信した。

「なにかあれば私がフォローします。あなたは真実だけ語ればいい」

「わかりました」

大勢の幹部たちの前に立ち、反旗を翻《ひるがえ》すのには途轍もない勇気がいる。でも私はこのために生きてきた。そして今の私には総司さんがいる。

「行きますよ」

八木沢さんがノックのあとドアを開けて入っていく。私も続いた。

「なんだね、君は」

コの字に並んだテーブルの前列で、社長が顔をこわばらせている。社長もすべて知っていたはずだ。

「朝日法律事務所から参りました、弁護士の八木沢と申します。秋月さんがお話しになったコンプライアンス違反について相談を受けておりました。反社会的勢力とかかわることが、会社に大きな損害を与えるのはご存じのはず」

八木沢さんが話し始めると、総司さんはパソコンを操作してプロジェクターの画像を変える。

「こちらにありますように、公共事業の入札停止、金融機関との取引停止、暴力団排除条例違反により罰則の可能性等々、様々なリスクがあります。それに、これほど大きなデベロッパーですから、マスコミが大喜びで飛びつくことでしょう」

「部外者は出ていけ！」

私たちからは少し離れた位置に座っている文則さんが、立ち上がって興奮気味に声を荒らげる。

「あぁ、これは失礼。出ていく前に、証人の証言を」

八木沢さんの背に隠れる形になっていた私が前に進み出ると、文則さんはあからさまに私をにらみ、社長は「君は……」と眉をひそめた。

「私の妻、里沙は当時の反対派住民のまとめ役だった山根太志さんの孫。彼女は脅されていた被害者のひとりです」

総司さんは語りながら私のところまでやってきた。

途端に静まりかえる会議室は、空気がピンと張り詰めていて息苦しい。でも総司さんに腰を抱かれた瞬間、ふと呼吸が楽になった。

「里沙。この写真に写っている人物を知っているな」

総司さんから渡された写真を手にして震える。当時、毎日のように祖父の家に来ては暴言を吐いていた男だからだ。

「……知ってます。この人が祖父に『ここからさっさと出ていけ』と怒鳴ったんです。

祖父が拒否すると『お孫さんかわいいですね』っていやらしい笑みを浮かべて。怖くて、怖くて……」

　当時の光景が鮮明によみがえり、声が震える。私の腰に回された総司さんの手に力がこもった。

「毎日毎日、時間を問わずやってきて、祖父と一緒に大切に育てていた庭の花をめちゃくちゃにしていきました。私はそれが悲しくて。それでも祖父は『里沙はじいちゃんが守るからなにも心配いらない』って……」

「ありがとう。もういい」

　総司さんは私にハンカチを差し出したあと、隠すように前に立って口を開く。

「秋月部長、これでもまだお認めになりませんか？　そして社長。あのときの都市開発は、あなたが裏で操っていたはずです。あの頃、都市開発事業部で働いていて退職した者数名から、あなたが実質的な権限を握っていたという証言を得ています」

「総司！　お前はなにを」

　勢いよく立ち上がった社長は、顔を真っ赤にして拳をきつく握っている。

「私は本来の秋月アーキテクトに戻したいだけ」

「なんだと？」

総司さんが極めて冷静に言い放つと、文則さんが不服そうな声をあげる。

「祖父が作った秋月不動産を汚した罪は重い。そして、妻の祖父をはじめとする住民からあくどい方法で土地や建物を取り上げた事実は決して消えない。あなた方は秋月アーキテクトの汚点だ」

凍えるような冷たい声で総司さんが言う。すると社長は机を力任せに叩いて眉をつり上げる。

「我が社には反社会的勢力排除規定があるのはご存じですよね。この規定に違反した役員及び従業員に対して懲戒処分をすることができる、とあります。また違反者はほかの者の指示や教唆《きょうさ》などのいかなる理由があってもその責を免れることはできないと」

「会議は中止だ。全員出ていけ！」

社長が狂ったように叫ぶと、文則さん以外の幹部たちはそそくさと退室していった。

「総司！　なんのつもりだ。誰が育ててやったと思ってる！」

つかつかと歩み寄ってきた社長が、総司さんの目の前で怒りをあらわにする。

「あなたは、後継ぎのスペアを作っただけでしょう？　作っておいてよかったですね。ひとり転げ落ちていきましたから」

「総司！」

すさまじい勢いで駆け寄ってきた文則さんが、拳を振り上げる。

「やめて！」

とっさに総司さんの前に飛び出し、殴られるのを覚悟して目を閉じた。しかし、ドサッという大きな音はしたものの、どこも痛くない。

おそるおそる目を開けると、左頬を赤くした文則さんが床に倒れていて、総司さんが肩で息をしている。

「あー、正当防衛ですね」

八木沢さんがボソッとつぶやいた。

ということは、総司さんが文則さんを殴ったのだろう。

「法律も社内規定も守るためにあるものですよ。トップに立つ方がそれを破るなんて言語道断」

文則さんを立たせた八木沢さんが、社長をにらみつける。その目には力があり、冷静なようで怒りの炎がちらちらと見えた。

「ご自分で幕引きをされたほうがよろしいかもしれませんね。立派な後継者がいらっしゃるようですし」

八木沢さんは総司さんに視線を送って言う。

「行こう」

大きなため息をついた総司さんは、私の手を引いて会議室をあとにした。

そのままふたりで、玄関まで八木沢さんを見送りに行く。

「今日はありがとうございました」

総司さんが頭を下げるのに合わせて腰を折る。八木沢さんにはかなり助けられた。

「いえいえ。私も曲がったことが嫌いなだけですから。秋月さん、この話はどこかから漏れるでしょう。会社に損害が生じる可能性がありますが――」

「覚悟しています。ですが、このまま突き進むよりずっといい。それに、住民の方々が被った痛みはこんなものじゃないはず。許してもらえるかどうか……」

総司さんは私を見て眉をひそめる。

「奥さま。秋月さんが最後まであなたにあの写真を見せなかったのは、できれば昔のつらい記憶を掘り起こしたくなかったからです。社長やお兄さんが事実を認めれば出さないおつもりでした」

「そうだったの？」

総司さんを見上げると、「まあ……」と濁している。

私が壊れるようなことはしないでほしいと八木沢さんに頼んでいた彼は、できるかぎり私に負担がないように配慮してくれたんだ。

「創業者一族でいらっしゃるからには、世間の非難の目から逃れられないでしょう。ですが、それも覚悟されていての行動ですよね。私は嫌いじゃないですよ。その潔い心意気。尊敬します。多分、奥さまもですよね？」

「えっ、私？」

突然振られて慌てた。

「八木沢さん、妻をいじるのはやめてください。彼女の慌てた顔は私だけのものですから」

総司さんのとんでもない発言に、瞬きを繰り返す。

「それはすみません。ではお手伝いが必要になったらご連絡ください。失礼します」

八木沢さんににっこり微笑まれて、恥ずかしくてたまらない。頭を下げるのも忘れて目を白黒させていた。

「お仕置きだな」

「お仕置き？」

総司さんに耳元でささやかれてゾクッとする。

「里沙のいろんな顔は俺だけが知っていればいいのに。今晩は覚悟しろ」

「私のせい？」

ついさっき人生を左右するような大仕事を終えたばかりの人とは思えない。

不敵に微笑む彼は、私を抱き寄せてこめかみにキスを落とした。


幹部の多数が聞いていたあのやり取りはやはり漏れ、大問題となった。

不動産投資企画部でもざわつきがおさまらない。

「藤原、秋月さん大丈夫なの？」

深刻な顔をした浜野さんが尋ねてくる。

「大丈夫ですよ。会社はどうなるか……」

すでにマスコミが押しかけていて、広報部はてんやわんや。社長が謝罪会見を開くという話も上がっている。

「それにしても、身内なのに告発するとかすごいよな」

「そうですね」

彼らは総司さんがどう育ってきたか知らない。ただ、文則さんが総司さんを見下しているのは感じていたはずだ。

「なんか、藤原も関係してるとかなんとかって……」

私が反対派住民の孫で、用地買収にあった被害者のひとりだということは、まだ詳しくは伝わっていない。それよりも反社会的勢力とのかかわりや、脅しのインパクトが強すぎて、話題はそればかりなのだ。

なんと答えようか考えていると、どこかに行っていた総司さんが戻ってきた。

「皆、少し聞いてほしい」

デスクまで行った彼が声をかけると、キーボードを叩いていた音がピタリとやんだ。

「今回の件で騒がせてすまない。会社は少なからず痛手を被るだろう。進んでいた都市開発も一旦は中止が決定した」

中止になったんだ。

これで強引な土地の買収がなくなると安堵した。

「今後、会社に批判の目が向けられる。もちろん、批判されるべきは我が一族で、ここで真面目に働いてくれている皆にはなんの落ち度もない。迷惑をかけて申し訳ない」

総司さんが深々と頭を下げるので驚いた。ここにいる全員が、彼が勇気ある告発をしたと知っているのだから、謝罪する必要はないのに。

「秋月さんが悪いわけじゃないでしょう？　そもそも秋月さんの入社前の話じゃない

ですか」

浜野さんが慌てて声をあげたものの、総司さんは苦しげに唇を噛みしめて首を横に振る。

「いや、傷ついた住民がいる。その人たちの前で責任逃れはできない」

どこまでも責任感のある人だ。やっぱり彼のような人がトップで会社を引っ張ってほしい。

「会社の体制が許せないということであれば、退職願を受け付ける。ただ、俺はここにいる全員の能力を買っている。もし許されるなら、今後の会社再建に手を貸してもらえないだろうか」

総司さんの言葉に目頭が熱くなる。

社長や文則さんを追い出すだけでは済まない。一度信頼を失った会社をいちから立て直すには想像できないほどの努力が必要だろう。まさにいばらの道だ。しかし、彼にはそれをやり遂げる覚悟がある。

「俺は秋月さんについていきます」

先陣を切ったのは浜野さんだ。

「秋月さんがこの仕事のやりがいを教えてくれました。正直他部署からは煙たがられる存在ですけど、最近は嫌がられれば嫌がられるほどしてやったりと思ったりして」

「浜野さんって、マゾなんですね」

どこからか声が飛び、笑いが広がる。緊迫した空気が一気に和んだ。

「でも俺も同じです。誰に嫌われようとも、会社を立て直す立役者のひとりになってみせます」

「俺も」

「私も」

次々と残留の意思表明が続き、総司さんがうれしそうに頬を緩める。厳しい人だけれど、部下には慕われているのだ。

「ありがとう」

「それで、社長は辞任ですか？　秋月さんがお継ぎになればいいのに」

浜野さんが核心に触れる。

「近日中に謝罪会見が行われる。おそらく社長は辞任の方向だとは思うが、俺の耳には入っていない」

「そりゃそうだ。バリバリ敵ですもん。でも、俺たちは味方ですから」

浜野さんが言うと、皆一様にうなずいている。私はそれがうれしくて胸がいっぱいになった。

　ずっと秋月アーキテクトが憎かった。けれど、こんなに魅力的な人たちもいるのだ。憎むべきは会社ではなく、卑劣な手を使って祖父たちを追いつめた人だった。

「心強いよ。これからどうなるかまだわからない。でも、俺はこの会社を興した祖父の理念に立ち戻って、必ず成長させる。今後もよろしくお願いします」

　丁寧にもう一度頭を下げる総司さんにどこからともなく拍手が湧き、温かい空気に包まれた。


　その晩、総司さんは私を丁寧に抱いた。どこか苦しげに見えるのは、秋月家がやってきたことの責任を感じているからだろう。

「総司さん」

「どうした？」

　私は彼の首に手を回して、鍛えられたたくましい体を引き寄せる。

「今は私に集中して？　もっと気持ちよくして」

「里沙……」

　自分でも大胆な発言をしたと思う。それにもう優しい愛撫に十分すぎるほど感じていて、体の奥から蜜があふれ出している。ただ、今だけは責任や過去のしがらみを全部忘れて私だけを見てほしい。

私たちは被害者家族と加害者家族という複雑な関係だ。けれど、それを乗り越えて生まれた愛は、決して色あせることはないはずだから。

「ごめん。足りなかったな」

まずい。変なスイッチを押したかも。

イジワルな笑みを浮かべる彼は、私の顎に手をかける。そして艶やかな瞳を向けて口を開いた。

「体の隅々まで愛して、全部溶かしてやる。嫌だと言っても止めないからな」

「え……」

「煽った責任はもちろん取るよな。俺のかわいい奥さん」

ゾクッとするような甘い声でささやいた彼は、私の唇をふさいだ。

その晩は、どれだけ音《ね》を上げても許してもらえず、宣言通り体が溶けてなくなりそうなほど愛された。

いたるところにできた彼の印が、うれしいやら恥ずかしいやら。

激しく突かれてふたりで絶頂に達したあと、彼の腕の中でぐったりする。この時間は意外と好きだ。

「里沙」

彼に優しく名前を呼ばれると、心地いいしびれに襲われる。

「はい」

「今日は皆にああ言ったけど、会見の相談をしていたうちの顧問弁護士は、社長と兄は会社を去らなければ収拾がつかないだろうと話している。そのうえで、今後は反社会的勢力とは一切かかわらないという宣言をするしか会社再建の道はない」

「はい」

「社長を解任するには株主総会で進退を問うしかない。父はおそらくそれまで待たずにみずから身を引くだろう。俺としては、納得できないんだが」

なるほど。みずから辞めるという形が悔しいのだ。自分が犯した罪を償わせるには、本当は会社側から解任を言い渡す形を取りたいに違いない。

これだけの騒ぎを起こしたのだから臨時株主総会を開催するはずだが、招集が通知された時点で社長は辞任を選ぶ気がする。総司さんのような潔さを持ち合わせているとは思えないからだ。

総司さんが厳しい制裁を望むのは、もしかしたら私のため？

「総司さんはやれることはすべてやってくださいました。もうあとは会社の再建に力を発揮してください」

「でも……」

「おじいちゃん、きっと許してくれると思うんです。だって、かわいい孫をこんなに大切にしてくれるんだもの」

　余計な荷物まで背負わなくていいのに。

　彼は彼の悔しさを晴らしたはずだ。心の傷を思えば十分だとは言えないかもしれないけれど、おそらくこれでひと区切りつけて前に進んでいくつもりだろう。私もそれに賛成する。

「私……復讐することばかり考えていた毎日は、本当は苦しかった。復讐するという意気込みは十分なのに、自分にその力がないのも悔しくて」

　素直な気持ちを吐き出すと、いっそう強く抱きしめられる。

「でも、総司さんと結婚して救われたんです。私も温かい家族を求めてもいいんだって。幸せになっても許されるんだって」

　祖父が必死に守ろうとした家も土地も、自分が生きるために手放さなくてはならなかったことにずっと罪悪感があった。だから祖父の無念を晴らすまでは自分の幸せなんて考えてはいけないと思い込んでいた。

けれども、総司さんがそんな私をどん底から引き上げてくれたのだ。

「それは俺も同じ。家族というものに嫌悪しかない俺に温かい家庭なんて持てるはずがないと思って生きてきた。でも、里沙に出会って夫婦になれて……今は未来にワクワクしてる」

私は総司さんにしがみついてうなずいた。

私たちはふたりとも、いろんなことをあきらめて生きてきた。でもふたり一緒なら、この先はなんでも希望が叶う気さえする。

「満足な仇討ちができなくてごめんな。里沙のおじいさんには、里沙を幸せにすることで許しを乞いたい」

もう十分だ。ひとりでは到底ここまでできなかったのだから。

「……はい」

ああ、なんて幸せなんだろう。これほど自分と大切な人たちを思いやってくれる旦那さまと生きていけるなんて。

「私も……私も総司さんを幸せにします。過去のことなんて忘れられるくらい」

「ありがとう、里沙」

手の力を緩めて私の顔を覗き込んだ彼は、とびきりの笑顔を見せたあと唇を重ねた。

翌日午後の謝罪会見の前に、予想通り社長が辞任を申し出た。

文則さんも退職願を提出したものの、こちらは保留。依願退職ではなく懲戒解雇となりそうだ。

会見会場の社屋の大ホールには多数のマスコミが押しかけ、予想通り厳しい言葉が飛んだらしい。しどろもどろになりながら、あやふやな言葉を紡ぐ社長には多くの社員ががっかりした。

次期社長候補筆頭となった総司さんだったが、秋月家の失態の責任をとり、自分以外の人を社長に立てようとした。

そもそも総司さんは、どうしても社長に就任したいと思っていたわけではなく、あのふたりを排除するのが最大の目的だった。彼はおじいさまが理想としていた会社に戻せればそれで満足で、自分が表に出ると波風が立つのなら裏方でいいと考えているようだ。

しかし、不動産投資企画部の部員をはじめ、多くの幹部が彼の手腕を評価しており、さらには会議で身内のふたりを追及した功績が認められ、総司さんを社長に推す声が圧倒的多数に上った。

総司さんはそれでも社長就任を拒んだが、これまでの社長や文則さんの横暴なやり方にうんざりしていた幹部のひとりに、『責任をとって次の社長に就任し、会社を正常化させてください』と言われ、覚悟を決めた。


翌週。社長が会社を去ったあと、総司さんは株主総会で社長就任を承認されるまでの措置として、副社長を仮の代表に置いた。そして自分はそのサポート役という立場で社長業務を引き継いだ。

浜野さんが部長に昇格予定の我が部に顔を出した彼は、大きな地図を広げる。

「すまないが手を貸してくれ。例の都市開発地域の新しい計画を提案したいんだ。手分けしてBOE分析を至急頼む」

解雇になった文則さんの穴を埋めるべく、臨時で都市開発事業部の陣頭指揮も執っているため、新たな案を持ってきたのだ。

「へぇ、オフィスビルをやめてファミリー向けのマンションですか。このあたり、治安もいいようだし人気が出るかもしれないですね」

浜野さんがしきりに感心している。

「保育園も作る予定だ。あと、ここ」

投資家仲間が購入したとある大きな区画を総司さんは指さす。ここは当初ファッションビルを建設する予定だったはず。

「このあたりに病院を誘致する。この地区は入院設備のない診療所しかなく、緊急を要する際の救急搬送に時間がかかるのがネックだ。マンションを造ることで人口も増加する。絶対に必要だ」

「でもここ、買収に失敗した土地では？」

「持ち主には、計画を話して売却をお願いしている。病院になるのであればどうぞという答えだ。ここだけでは足りないから、周辺地域をまだ買収しなければならないが、住民の人たちには丁寧に説明して納得していただく。マンションに移るのに抵抗がある人には、郊外の住宅地を提案するつもりだ。駅が遠くなるが、自治体主導の区画整理も同時に行うため、新たなバス路線を確保できる」

「はぁ……。不動産投資企画部なんかでくすぶってないで、最初から都市開発部門で活躍されたほうがよかったのでは？」

浜野さんが感心しながら言うけれど、私も同意だ。その道一筋だった文則さんよりずっと有能だと感じる。

「俺は不動産投資企画部が好きだけど？　仕事は地味だが、ここは秋月アーキテクトの頭脳だ。ということで、忖度はいらない。しっかり分析してくれ」

総司さんは私の肩をトンと叩いて出ていった。

すぐに地図の周りに部員が集まって、雑談が始まった。

「すごいな、これ。前の計画と全然違う。広い公園はあるし、古い商店街も残してある。だけど道路の利便性は上がるし、病院や保育園まで確保してくれるなら、のんびり子育てするにはよさそうだな」

「古い商店街はテナントをきれいにして入りやすくして、子供向けにイベントをしたらどうかと提案しているようですよ。秋月アーキテクトが後援すると話したら、商店街の人たちも乗り気になってるみたいです」

私は総司さんに聞いた話を付け加えた。

「俺、引っ越そうかな」

「マンションのローン、あと二十年残ってるんじゃ？」

浜野さんはつっこまれて眉をひそめている。

「BOEしっかり出して決めたんだけどなぁ。こんな魅力的な物件出されたら揺らぐって」

「残念でしたね、浜野さん」

慰められた浜野さんがうなだれると、部署に笑いが広がった。

総司さんが主導した計画は、住民の笑顔が見える。きっと成功する。


それから一ヵ月。吐く息が白くなり、寒さが増してきたその日。臨時株主総会で総司さんの代表取締役就任が審議された。

彼が創業者一族ということで反対意見も当然上がった。しかし大物株主数人がなんと総司さんの投資仲間で、賛成に回ってくれた。

彼らは不動産王とまで言われた総司さんの能力を買って株を購入したのだとか。今回明るみになった不祥事で株価は暴落したが、総司さんがいる限りまた上昇すると見込んで、売却しなかったどころか買い足したようだ。そんな彼らが総司さんの代表取締役就任を強く望み、また現重役たちまでもが口をそろえて『会社の再建には必要な人です。これだけの厳しい状況をひっくり返せるのは秋月くんしか見当たらない』と発言したため、総司さんの就任が認められる運びとなった。

社長と文則さんは会社を追われてからほとんど家にこもっているようで、どうしているのか知る由もない。

その週の日曜日。総司さんに誘われて出かけることになった。

「もう今年も終わりますね」

「うん、今年はいろいろあったな。こうして隣に里沙がいてくれるのが最高の収穫だ」

遠くの山の冬紅葉を横目に車を走らせる総司さんは、優しい顔で笑う。結婚したばかりの頃の刺々しさはまったくなくなった。

「最高の収穫は、社長就任でしょ?」

「まさか。比べるまでもない」

即答する彼に、頬が緩む。

「それで、どこに行くんですか?」

「ランチに」

「いいですね」

彼はお気に入りのレストランにしばしば連れていってくれる。しっかりデザートまで食べて、『おいしい』と漏らす私を見て満足そうにしているのだ。

今日はどこに案内してくれるのだろうと、否応なしに期待が高まった。

「あれ……ここって」

大通りを右折すると、レストランが見えてきた。

「今日のランチはあそこ。おじいさんに里沙が幸せそうに食べる姿を見せたくて」

「総司さん……」

彼が目指していたのは、祖父の家があった場所に建てられているレストランだった。

不正な用地買収が明らかになったあと、総司さんがいくらかかっても買い戻すと言ってくれたのだけど、現在その地域で暮らす人にとって大切な場所になっているかもしれないと思った私は断ったのだ。いつか買い戻したいと意気込んでいたのに、自分でもこんな答えにたどり着いたのがびっくりだった。けれども、総司さんのおかげで家庭の温もりを知った今、新たな住民となった人たちが思い出を刻んでいるだろう場所を取り上げたいとは思えなくなったのだ。

「オフィスビルが建ったから、平日はビジネスマン向けのランチみたいだけど、土日はファミリー向けのメニューらしいぞ。なんでも好きなものをどうぞ」

「今日もデザートつけていいですか？」

「もちろん。砂糖とミルクたっぷりのコーヒーも」

彼と一緒にいると、感慨にふけっている暇はない。おいしいものを食べて、新しい未来に向かって歩いていこう。

レストランではふたりとも煮込みハンバーグランチを食べた。高級店というわけではなかったが、家庭的な優しい味に顔がほころぶ。

デザートに私はチョコバナナパフェ、彼は抹茶アイスを注文すると、総司さんが口を開いた。

「実は里沙に相談があって」

「なんですか？」

彼がテーブルに出したのは、家の設計図だ。

「この地域で探したんだけど、大企業を誘致した影響でオフィスビルばかり増えて、一軒家が建つ土地はなかなか手に入りそうになくて。でも、今開発しているところならいい場所があるんだ」

「だから？」

彼が言わんとすることがよくわからない。

「今のマンション、二億五千万で買ったんだけど、三億くらいで売れそうだ。それで――」

「待ってください、一軒家を建てようと？」

「そう。おじいさんとの思い出が取り戻せるとは思ってない。でも、広い庭も確保できるからたくさん植物が育てられるし……」

彼は優しく微笑み、テーブルの上の私の手を握る。

「いつか俺たちの子が生まれたら、泥遊びもできるだろ？　夏の暑い日はビニールプール出したりしてさ、冬は雪が降ったら雪だるま作るんだ。そんな……。ごめん、嫌だった？」

彼が慌てているのは、涙がこぼれてしまったからだ。

「違うんです。そこまで考えてくれてるなんて、うれしくて……」

きっと祖父と庭でいろんな花を育てていたと話したからだ。

「俺は里沙の夫だよ。当然だ。俺、ここで誓いたかったんだ。里沙を全力で守りますって。おじいさんが里沙をそうしたように」

ダメだ。感激の涙が止まらない。

ぽろぽろ涙があふれ出してくると、「泣き虫」と笑う彼は手を伸ばしてきて頬を拭ってくれる。

「総司さん、ありがとう」

「ほら、泣きやまないとパフェがしょっぱくなるぞ」

「それはヤダ」

即答したからか、彼は噴き出した。

レストランをあとにした私たちは、祖父と両親の墓参りに向かった。

「秋月家がしたことはなんの弁解もできません。申し訳ありませんでした」

総司さんは社長と文則さんの代わりに深々と頭を下げてくれた。

彼にはなんの責任もないのに。それどころか、社長や文則さんから虐《しいた》げられてきたというのに。

「ですが、これからは私が里沙さんを全力で守ります。必ず幸せにします。だから、安心してお眠りください」

彼の言葉を聞いていると、鼻の奥がツンとしてくる。

きっと両親も祖父も、私が復讐心にとらわれている間、うかうか寝ていられなかったに違いない。私がどす黒い感情に包まれたまま生きていくのはつらかったはずだ。けれど総司さんが解放してくれたから、私は幸せな未来だけを信じて歩いていける。

「お父さん、お母さん、そしておじいちゃん。遅くなっちゃったけど、素敵な旦那さまと巡り会えました。どうか私たちを見守っていてね」

墓石に話しかけると、ブワッと風が吹いてきて私の髪を揺らした。それが私たちの結婚を祝福してくれているような気がして、総司さんと笑い合った。

翌週には総司さんのお母さまの墓参りもした。

「初めまして」と墓石に挨拶をすると総司さんは笑っていたけれど、どこかうれしそうな顔をしていた。

本当の父親を捜さないのかと尋ねたことがあるのだけれど、総司さんは『もう新しい家庭があるから』と少し寂しげにつぶやいた。そのとき初めて、すでに父親を捜し当てていて、再会を断念したのだと知った。

だから私は……。

「総司さんを全力で守ります。必ず幸せにしますから」

総司さんが両親や祖父の墓前で宣言してくれた言葉を私も口にした。これが家族である私の役割だ。

「里沙……ありがとう。母さん、最高の妻だろ？」

総司さんは、私の腰を抱いて頬を緩めた。

長い冬が明け、半年があっという間に過ぎた。

秋月アーキテクトは、反社会的勢力とのかかわりや卑劣な用地買収が明らかになり、一旦は信用が地まで落ちた。しかし、総司さんが主導した都市開発の評判がすこぶるよく、秋月アーキテクトは生まれ変わったという評判が飛び始めている。

とはいえ、まだ前途多難であることは間違いない。それでも総司さんなら、おじいさまが理想としていた不動産デベロッパーをいつか実現する気がしている。

前社長は完全に引退。大手銀行の重役の娘と政略結婚をしていた文則さんは、奥さまの親族の逆鱗《げきりん》に触れて離婚に至り、子どもふたりの親権も失った。

とはいえ、皆生きている。秋月家には常に死がまとわりついているという不吉な言い伝えはやはりただの迷信だ。

「藤原、そろそろ帰れ」

「もう終わりますから」

正式に部長に昇進した浜野さんは、毎日奮闘している。

総司さんにかけられた言葉のおかげで、我が不動産投資企画部の士気は高く、部員の呼吸もぴったりだ。

私も最近BOE分析を単独で任せられることが増えて、忙しい日々を送っている。

「ダメだ。俺が叱られるんだぞ」

「叱られる？　人事からですか？」

私のデスクまで来た浜野さんが妙なことを言いだした。

ブラックと言われるほど残業はしていないはずだけれど、人事が気にしているのかなと思って問う。すると彼は肩をすくめて首を横に振った。

「藤原の過保護な旦那さんからだよ」

「え⁉」

総司さん？

「え⁉じゃない。会議に行くたびににらまれている俺の身にもなってくれ」

「にらまれてって……」

「なにがあっても顔色ひとつ変えない秋月さんが、こんなにデレるとはねぇ」

デレてはいないと思うけど、たしかに過保護なところはある。

「浜野さんも奥さまを大事にしたほうがいいですよ。仲直りしたんですか？」

私たちの会話に割って入ってきたのは、いつ来たのか総司さんだ。

「いつからいたんですか！ ……それがまだで」

三日ほど前に大喧嘩をしたと聞いたのだけれど、まだ仲直りできていないようだ。

「それじゃあ浜野さんも残業はここまでにして、ケーキ買って帰りましょう」

私が提案すると、総司さんも楽しそうにうなずいて口を開く。

「甘いものはききますよ」

「ケーキ屋まだ開いてるかな？」

その気になった浜野さんは離れていった。

「それで、藤原もいつまで残業してるつもりだ？」

「あ……。すみません。没頭してしまって、つい」

分析を始めると止まらなくなるのはいつもの癖。総司さんはそれもお見通しだ。

「帰るぞ。社長命令だ」

「はい」

そんなところで権力を持ち出されても困るけれど、心配してくれているのは伝わってくるので素直にパソコンの電源を落とした。

先に駐車場に行った彼を追いかける。それなのに、車に姿がなくてあたりを見回すと、プレジールのカップを持って歩いてくる姿が見える。買ってきてくれたんだ。

「お待たせ」

「ありがとうございます。今日はなんですか？」

「ベリーにしといた。好きだろ？」

「大好きです」

彼からカップを受け取る。これはいろいろな種類のベリーが入った野菜ジュースだ。

車に乗り込み、エンジンをかける彼に尋ねる。

「総司さんはなににしたんですか？」

「俺はブラック……と言いたいところだが、俺もベリー」

「あはっ、かわいい」

ポロッと本音を漏らすとにらまれてしまった。

「里沙だけにカフェインを我慢させるのも悪いだろ？」

「いいんですよ、総司さんは好きなもの飲んで。だって私、もともと砂糖とミルクたっぷり派なんですから、飲むのをそんなに我慢してるわけでもないんです」

「それもそうだけど」

彼は私のお腹に視線を送って言う。

実は赤ちゃんを授かったのだ。現在三カ月。幸い悪阻《つわり》は軽くて助かっているけれど、まだ不安定な時期だからか、彼は異常なまでに過保護だ。それほど気遣ってくれているのはうれしくもあるけれど。

「そういえば菜々子さんが里沙に会いたいって」

「私も会いたいです！」

無事に女の子を出産した岩波さんの奥さまの菜々子さんは、お母さんとして奮闘している。妊娠出産はわからないことだらけなので、先輩に話を聞きたい。

「菜々子さんもこれ飲んでたって」

「野菜ジュース?」

「うん。岩波さんが毎日持って帰ってくるから、ちょっと飽きてたらしいけど」

それを聞いて噴き出した。

でも岩波さんも菜々子さんが心配でたまらず、少しでも体によさそうなものをと思っての行動だったんだろうな。

「このジュース、岩波さんに薦められたから買ってくるようになったんですか?」

「ばれたか」

総司さんはハンドルを操りながらクスッと笑う。

彼が岩波さんに妊娠や出産について真剣に教えを乞う様子を想像して、ほっこりした。

「ほかになにかアドバイスは?」

「うん。妊娠中はとにかく妻に尽くせ。男にはできない大仕事をやってくれてるんだから敬意を払えと。それと……この時期に万が一なにかやらかしたら一生恨まれるぞだって」

「は？」

岩波さんも総司さんも、社会的に認められた有能な男性だ。そんなふたりが妻に振り回されているのがおかしい。

「やらかしませんよね？」

「あたり前だろ！」

少し興奮気味に言う総司さんは、赤信号でブレーキを踏むと私をじっと見つめる。

「里沙に嫌われたらと毎日怖くてたまらないのに」

「嘘……」

「それくらい好きだってこと」

にっこり微笑む彼は、身を乗り出してきて唇を重ねた。

エピローグ

「ママぁー」

私たちの息子、功太《こうた》が半べそをかきながら、洗濯物を干していた私のところに駆けてくる。

「どうしたの？」

「お目々、痛い痛い」

「泥だらけの手でこすったからよ」

功太は二歳七カ月。甘えん坊に育った彼は、総司さんが建てたレンガの壁が美しい洋館の庭で遊ぶのが大好きだ。

私は、功太の出産を機に、迷いに迷って秋月アーキテクトを退職した。そして岩波さんお薦めの物件を、総司さんに援助してもらう形で購入し、不動産投資家としてデビューを果たしたのだ。

岩波さんの目利きはたしかで、家賃収入は安定しているし、一階に入店したプレジールのおかげもあって不動産価値が上昇している。

「お目々見せて」

「やぁ」

泥だらけの手で抱きつき私の胸でイヤイヤと顔を振る彼を軽々と抱き上げたのは総司さんだ。

「功太。ママまで泥んこだぞ。ほら、パパに目を見せ……嘘だろ」

頬に触れられて泥だらけになった総司さんが目をぱちくりさせるので、噴き出してしまった。

「治った！」

どうやら涙で砂が流れたようで、功太は満面の笑み。

「まったく人騒がせな」

あきれ声を出しながらも功太を抱きしめて目尻を下げる総司さんは、子煩悩なパパだ。

「ほら、そろそろ出かける準備しないと。着替えるぞ。里沙も着替えておいで」

泥だらけにされた私をクスッと笑っているけれど、彼のほうこそ鏡を見たほうがいい。鼻の頭にまで泥がついていて、いい男が台無しだ。

総司さんは庭の水道で功太の手を洗い流したあと、家の中に入っていった。

今日は駅前商店街の夏祭りなのだ。秋月アーキテクトが後援・協賛しているそれは昨年も大盛況で、売り上げが落ちて畳もうと考えていた店も復活したのだとか。

ファミリー向けのタワーマンションはまだ建設中だというのにすでに注目を浴びていて、多数の問い合わせがある。今後の集客に心配はなさそうだ。

そして、不祥事のせいで危ぶまれた総合病院の誘致も成功。その病院も完成間近となっている。

多くの投資家が購入した物件は価値がどんどん上がり、中には総司さんの試みに賛同して安く土地を売ってくれた人もいる。

そうした土地には低層階の賃貸マンションも建ったが、公園や図書館といった公共施設も新設されて、住民の満足度はますます上がるばかりだ。

この日のために準備した浴衣に着替え始めると、中途半端に浴衣を纏った功太がやってきた。総司さんが着せてくれたはずなのだが、とても外に出ていける状態ではない。

「ママー、できたぁ」

「あはっ、合わせが反対よ」

私は帯を解いてもう一度最初から着せ始めた。

きっと総司さんにはこうして家族で出かけた思い出もないのだろう。ちょっとした地域の行事でも楽しみにしているし、どんなに忙しくても必ず参加する。

過去の時間は取り戻せないけれど、新しい歴史を刻んでいけばいい。

功太の浴衣を着せ終えた頃、これまた浴衣姿の総司さんが顔を出した。少し乱れ気味ではあったが、合わせは正しいし、前下がり気味に締められた帯も整っている。

おそらく功太に着付けたときは、暴れられて大変だったのだろう。

「パパぁ。かっこいー」

「サンキュな。功太もかっこいいぞ」

功太はいつも遊んでくれる総司さんが大好きで、両手を上げて抱っこをせがむ。

彼を抱き上げた総司さんは、私に視線を移して目を細めた。

「きれいだな」

「ママ、きれい！」

「そ、そう？　ありがとう」

総司さんがいつも私を褒めてくれる影響か、功太にもいつも、かわいいとかきれいとか言われて照れくさい。なにせ公園に行っても『かわいいママだよ』と仲良くなったお友達に紹介して回るのだから。

「それじゃあ行くか」

総司さんは片手で功太を抱き、さりげなく私に手を差し出した。

お祭りは大盛況。それぞれの商店の店先ではワゴンに商品が並べられており、さらには子供たちを楽しませる催しが行われている。くじ引きで五十円の割引券をゲットした功太は、総司さんに人生初のたい焼きを買ってもらった。

「落とすなよ」

「ちゃんと噛んでから飲み込むのよ」

功太を挟むようにしてベンチに腰掛けた私たちは、功太が大きな口でたい焼きを頬張る姿を冷や冷やしながら見守る。

「大丈夫そうだな」

心配をよそに、あんこを口の周りにつけながらも上手に食べていく功太に安心した。

「俺たちも食べるか」

私たちの分としてみたらし団子も購入してきたのだ。

「はい、どうぞ」

総司さんに団子の包みを差し出すと、彼は一本手にして私のほうに向ける。

「ん？」

「口開けて」

「え……？」

食べさせようとしているの？

功太もいるし、周囲に人がたくさんいるので、さすがに恥ずかしい。

「ほら」

急かされておずおずと口を開けると、甘じょっぱい団子の旨みが口いっぱいに広がった。と同時に、功太がじっと見ているのに気づいて目を白黒させる。

「功太も！」

「まだたい焼きがあるじゃないか。食いしん坊だな」

総司さんは功太の口の周りを拭いながら白い歯を見せた。

「やあーぁ。功太も仲良しー」

その発言に総司さんと顔を見合わせる。もしかして団子が食べたいと言っているのではなく、食べさせてもらいたいということ？

「もちろん、功太も仲良しよ。それじゃあ、あーん」

功太が持っていたたい焼きを受け取って食べさせると「おいちー」と小さな手で両頬を包んでにこにこ顔だ。そんな功太の頭を撫でる総司さんは、愛おしそうに彼を見ていた。

たい焼きを平らげてご機嫌な功太は右手を私、左手を総司さんとつないでぐいぐい引っ張る。そして風船釣りをしたり、ヒーローのお面を買ったりして大はしゃぎ。帰る頃には足どりがおぼつかなくなり、総司さんが抱き上げた。すると、すぐにコテンと眠ってしまう。

「楽しかったんだろうな」

「ですね。あんなにはしゃいで」

商店街を出たところで足を止め、周囲を見回す。ここは総司さんが作った街だ。総司さんと彼のおじいさまが理想とした、住民の笑顔が広がる街。

「里沙、どうした？」

「ううん。幸せだなと思って」

きっと空から見守ってくれている両親や祖父、そして総司さんのお母さまは、今の私たちの姿を見て喜んでいるはずだ。

「俺もだよ。隣に里沙がいて、こんなかわいい宝物にも恵まれた。それにこの街を愛してくれる人たちまでいる。全部里沙に出会えたおかげだ」

「それじゃあ私が幸せなのは、総司さんに出会えたおかげですね」

彼には感謝してもしきれない。いびつな形の結婚から始まった私たちだけれど、最高の人生を歩めていると断言できる。

「そっか。もっともっと頑張って、功太が生きる未来につなげないとな」

「はい」

私たちは茜色《あかね》に染まっていく空を見上げた。まだ見ぬ幸福あふれる明日に思いを馳《は》せて――。

END

あとがき

今作は、ベリーズ文庫「極上四天王シリーズ」のひとつ、不動産王を書かせていただきました。

不動産投資といえば〝不労所得〟。恐ろしいほど魅力的な言葉に踊らされそうになりました。ところが、少し調べて私には無理だと察し、世の中甘くないなと。そんなに簡単に稼げるなら、皆やってますよね。不動産投資はインサイダーOKだと初めて知ったのですが、それにしたって情報収集力がなければ難しいわけで。素直にコツコツ働いたほうがよさそうです。どこかからお金が降ってこないかな。

毎回なにかしらの過去作や人物をリンクさせる私ですが、今回は誰にしようかと迷いました。白羽の矢が立ったのが岩波夫妻。カフェ・プレジールは私の作品ではおなじみの場所ですが、彼らはベリーズ文庫の溺甘アンソロジーに登場します。あれを書いたときは、このふたりはもう出番はないかな?と思っていたのですが、活躍していただきました。幸せそうでなによりです。そういえば、あの弁護士もいましたね。

復讐という、ちょっと物騒な言葉がキーワードだったこの作品。ここまでではなくても、過去のあれこれで恨みつらみがくすぶっているということもあるのではないでしょうか？　私も思い出したくないような経験をして、憤慨したことも。嫌な思いをしたばかりの頃は、腹は立つし悶々とするものです。そうした負の感情は、徐々に薄れていってもなにかのきっかけでぶり返してくる厄介なもの。ですが、それに振り回される時間はもったいないなと思ったり。「ばかやろう！」とか、ここには書けないような言葉とかを思いきり叫んですっきりしたら、また次に向かって歩きだすように心がけています。器が小さいので、しばらくイライラしていることもあるのですが……。それにしても、楽しいことや幸せなことより、つらいことや苦しいことのほうが心に残りやすいのはどうしてなんでしょうね。ただ、そういうものだと割りきって、時々叫びつつ？そして誰かの心に棘を刺さないように気をつけながら、ゆっくり歩いていきましょう。

皆さまの心と体の健康を祈って。

佐倉《さくら》伊織《いおり》

佐倉伊織先生への
ファンレターのあて先

〒104-0031
東京都中央区京橋1-3-1
八重洲口大栄ビル7F
スターツ出版株式会社　書籍編集部　気付

佐倉伊織先生

本書へのご意見をお聞かせください

お買い上げいただき、ありがとうございます。
今後の編集の参考にさせていただきますので、
アンケートにお答えいただければ幸いです。

下記URLまたはQRコードから
アンケートページへお入りください。
https://www.berrys-cafe.jp/static/etc/bb

ベリーズ文庫

冷厳な不動産王の契約激愛婚【極上四天王シリーズ】

2022年10月10日　初版第1刷発行

著　者　佐倉伊織
©Iori Sakura 2022
発行人　菊地修一
デザイン　hive & co.,ltd.
校　正　株式会社　文字工房燦光
編集協力　妹尾香雪
編　集　須藤典子
発行所　スターツ出版株式会社
〒104-0031
東京都中央区京橋1-3-1　八重洲口大栄ビル7F
TEL　出版マーケティンググループ　03-6202-0386
(ご注文等に関するお問い合わせ)
URL　https://starts-pub.jp/
印刷所　大日本印刷株式会社

Printed in Japan

乱丁・落丁などの不良品はお取替えいたします。
上記出版マーケティンググループまでお問い合わせください。
定価はカバーに記載されています。

ISBN 978-4-8137-1329-6　C0193

ベリーズ文庫 2022年10月発売

『冷徹御曹司は過保護な独占欲で、ママと愛娘を甘やかす』 砂川雨路《すながわあめみち》・著

勤め先の御曹司・豊に片想いしていた明日海は、弟の望が豊の婚約者と駆け落ちしたことへの贖罪として、彼と一夜をともにする。思いがけず妊娠した明日海は姿を消すが、2年後に再会した彼に望を探すための人質として娶られ!?形だけの夫婦のはずが、豊は明日海と娘を宝物のように守り愛してくれて…。

ISBN 978-4-8137-1331-9／定価704円（本体640円＋税10%）

『激情を抑えない俺様御曹司に、最愛を注がれ身ごもりました』 未華空央《みはなそらお》・著

従姉妹のお見合いの代役をすることになったネイリストの京香。しかし相手の御曹司・透哉は正体を見抜き、女性除けのために婚約者になれと命じてきて…!?同居生活が始まると透哉は京香の唇を強引に奪い、甘く翻弄する。「今すぐ京香が欲しい」――激しい独占欲を滲ませて迫ってくる彼に、京香は陥落寸前で…。

ISBN 978-4-8137-1332-6／定価715円（本体650円＋税10%）

『冷厳な不動産王の契約激愛婚【極上四天王シリーズ】』 佐倉伊織《さくらいおり》・著

大手不動産会社に勤める里沙は、御曹司で若き不動産王と呼び声が高い総司にプロポーズされ、電撃結婚する。実はふたりの目的は現社長を失脚させること。復讐目的の仮面夫婦のはずが、いつしか総司は里沙に独占欲を抱き、激愛を刻み付けてきて…!?　極上御曹司に溺愛を注がれる、四天王シリーズ第一弾!

ISBN 978-4-8137-1329-6／定価726円（本体660円＋税10%）

『天敵御曹司は政略妻を滾る本能で愛し貫く』 春田《はるた》モカ・著

産まれる前から許嫁だった外科医で御曹司の優弦と結婚することになった世莉。求められているのは優秀な子供を産むことだが、あることから彼の父親へ恨みを抱えており優弦に対しても心を開かないと決めていた。ところが、嫁いだ初日から彼に一途な愛をとめどなく注がれ、抗うことができなくて…!?

ISBN 978-4-8137-1333-3／定価726円（本体660円＋税10%）

『孤高の脳外科医は初恋妻をこの手に堕とす～契約離婚するはずが、容赦なく愛されました～』 水守恵蓮《みずもりえれん》・著

看護師の霞は、彼氏に浮気され傷心中。事情を知った天才脳外科医・霧生に期間限定の契約結婚を提案される。快適に同居生活を送るもひょんなことから彼の秘密を知ってしまい…!?「君には一生僕についてきてもらう」――まさかの結婚無期限延長宣言!　円満離婚するはずが、彼の求愛から逃げられなくて…。

ISBN 978-4-8137-1330-2／定価737円（本体670円＋税10%）

ベリーズ文庫 2022年10月発売

『もふもふ魔獣と平穏に暮らしたいのでコワモテ公爵の求婚はお断りです』 晴《はる》日《ひ》青《あお》・著

「私と結婚してほしい」——魔獣を呼び出した罪で辺境の森に追放された魔女は、自身を討伐に来た騎士団長・グランツに突如プロポーズされる。不遇な人生により感情を失い名前も持たない魔女に「シエル」という名を贈り溺愛するグランツ。彼に献身的な愛を注がれシエルにも温かな感情が芽生えていき…!?

ISBN 978-4-8137-1334-0／定価737円（本体670円＋税10%）

『9度目の人生、聖女を辞めようと思うので敵国皇帝に抱かれます』 朧月《おぼろづき》あき・著

役立たずの聖女として冷遇されているセシリアは、婚約者の王太子を救うため時空魔法を使って時を巻き戻していた。しかし何度やっても上手くいかず、9度目の人生で彼を守る唯一の方法が"不貞を働き聖女を辞すること"だと知る。勇気を振り絞って一夜を過ごした男の正体はなんと敵国の皇帝で…!?　冷酷皇帝になぜだか溺愛される最後の人生がスタート!

ISBN 978-4-8137-1335-7／定価715円（本体650円＋税10%）

『身代わりとして隣国の王弟殿下に嫁いだら、即バレしたのに処刑どころか溺愛されています』 Yabe《やべ》・著

声楽家になるのを夢みるさや香は、ある日交通事故にあい、目覚めると異世界にいた。さらに、ひょんなことから失踪した王女と瓜二つという理由で身代わりとして隣国の王弟殿下・エドワードに嫁がされることに！　拒否できず王女を演じるも、即バレして絶体絶命——と思いきや、なぜか彼に気に入られ!?

ISBN 978-4-8137-1336-4／定価715円（本体650円＋税10%）

ベリーズ文庫 2022年11月発売予定

Now Printing

『金融王の不器用な寵愛～籠の鳥は愛を乞い、天使を身ごもる～【極上四天王シリーズ】』 伊月《いづき》ジュイ・著

親同士が同窓だった縁から、財閥御曹司の慶と結婚した美夕。初恋の彼との新婚生活に淡い期待を抱いていたが、一度も夜を共にしないまま6年が過ぎた。情けで娶られただけなのだと思った美夕は、離婚を宣言！　すると、美夕を守るために秘めていた慶の独占欲が爆発。熱い眼差しで強引に唇を奪われ…!?

ISBN 978-4-8137-1344-9／予価660円（本体600円＋税10%）

Now Printing

『もう恋なんてしないと決めていたのに、冷徹な財閥御曹司に囲い込まれました』 滝井《たきい》みらん・著

石油会社に勤める美鈴は両親を亡くし、幼い弟を一人で育てていた。恋愛にも結婚にも無縁だと思っていた美鈴だったが、借金取りから守ってくれたことをきっかけに憧れていた自社の御曹司・絢斗と同居することに。甘えてはいけないと思うのに、そんな頑なな美鈴の心を彼は甘くゆっくり溶かしていき…。

ISBN 978-4-8137-1345-6／予価660円（本体600円＋税10%）

Now Printing

『交際0日婚～私たち、3年契約で結婚しました～』 田崎《たさき》くるみ・著

恋人に浮気され傷心の野々花は、ひょんなことから同じ病院に務める外科医・理人と急接近する。互いに「家族を安心させるために結婚したい」と願うふたりは結婚することに！　契約夫婦になったはずが、理人を支えようと奮闘する野々花の健気さが彼の愛妻欲に火をつけ、甘く溶かされる日々が始まり…。

ISBN 978-4-8137-1346-3／予価660円（本体600円＋税10%）

Now Printing

『今宵また、私はあなたのものになる』 高田《たかだ》ちさき・著

両親を亡くし叔父家族と暮らす菜摘は、叔父がお金を使い込んだことで倒産の危機にある家業を救うため御曹司・清貴と結婚することになる。お金を融資してもらう代わりに跡継ぎを産むという条件で始まった新婚生活は、予想外に甘い展開に。義務的な体の関係のはずが、初夜からたっぷり愛されていき…！

ISBN 978-4-8137-1347-0／予価660円（本体600円＋税10%）

Now Printing

『エリートパイロットに見初められたのは、恋を知らないシンデレラ』 宝月《ほうづき》なごみ・著

航空整備士の光里は、父に仕事を反対され悩んでいた。実家を出たいと考えていたら、同じ会社のパイロット・鷹矢に契約結婚を提案される。冗談だと思っていたのに、彼は光里の親の前で結婚宣言！　「全力で愛してやる、覚悟しろよ」──甘く迫られる新婚生活で、ウブな光里は心も身体も染め上げられて…。

ISBN 978-4-8137-1348-7／予価660円（本体600円＋税10%）

タイトル、価格等は変更になることがございますのでご了承ください。

ベリーズ文庫 2022年11月発売予定

Now Printing

『二年後の最愛』 宇佐木《うさぎ》・著

OLの春奈は、カフェで出会った御曹司・雄吾に猛アプローチされ付き合い始める。妊娠に気づいた矢先、ある理由から別れて身を隠すことに。密かに双子を育てていたら、二年後に彼と再会してしまい…。「もう離さない」——空白を埋めるように激愛を放つ雄吾に、春奈は抗えなくなって…!?

ISBN 978-4-8137-1349-4／予価660円（本体600円＋税10%）

Now Printing

『捨てられ聖女、敵国で女神になる！～軍人王子の一途愛～』 一《いち》ノ《の》瀬《せ》千景《ちかげ》・著

婚約者に裏切られ特殊能力を失った聖女オディーリア。敵国に売られてしまうも、美貌の王子・レナートに拾われ、彼の女避け用のお飾り妻になってしまい…!?　愛なき結婚のはずが、レナートは彼女を大切に扱い、なぜか国民には「女神」と崇められて大人気！　敵国で溺愛される第二の人生がスタートして!?

ISBN 978-4-8137-1350-0／予価660円（本体600円＋税10%）

Now Printing

『死に戻りから解放されたい聖女さまは王太子殿下の寝かしつけ係ルートに入りました』 和泉《いずみ》あや・著

聖女イヴは何者かに殺されることを繰り返し、ついに7度目の人生に突入。ひょんなことから、不眠症を抱える王太子・オルフェと出会い、イヴの癒しの力を買われ「王太子殿下の寝かしつけ係」を拝命することに！　お仕事として頑張りたいのに、彼がベッドの上で甘く囁いてくるので全く集中できなくて…。

ISBN 978-4-8137-1351-7／予価660円（本体600円＋税10%）

タイトル、価格等は変更になることがございますのでご了承ください。